为了人与书的相遇

理
想
国

imaginist

妈妈 我

MOM

ME

钱小华

QIAN XIAOHUA

SJPC

我向谁诉说我的忧伤
我用血写下了每个字

妈妈

1985年10月26日去世

我人生中第一次怀念一个人，我为她流干了眼泪，我的眼睛都快哭瞎了，这个人就是我亲爱的妈妈。

我的妈妈是一个普通的乡下人，一个土生土长的农村妇女，她叫王来娣，家住穷乡僻壤的小山村——金坛市罗村乡赤岗大队扁墩头村，她生于1941年，死于1985年。

我妈妈死的那个晚上，天空突然下起了鹅毛大雪，我送妈妈去镇上医院的路上，沿途整个村庄、田野、道路和河流都被一场突如其来的暴风雪覆盖成一片雪国，月亮挂在冷冷的天空中，大地寂静无声，我透过窗子，看着妈妈在月光下死去。

下雪了……我的妈妈死了……她随雪花一同飘逝。

下雪了……我的妈妈死了……我再也见不到她了。

她离开了我……把我留在孤独里……有的时刻……每一刻……我都在想她。

01

妈妈个子矮、身材小、体质弱，所以村上人都称妈妈为“小来娣”，妈妈姓王，名来娣，村上人还给她一个绰号“小丫头”；但在我眼里，妈妈就像个黄毛丫头，玲珑可爱。

妈妈出生在一个贫穷的农民家庭，家中弟妹九个，三男六女，妈妈在他们弟妹当中排行老二。妈妈从小没有上过一天学校，她在十二岁的年龄，就被外公外婆过继给人家做童养媳；家里被压得喘不过气来，儿女多，生活负担重，连饭都揭不开锅，吃了上顿没有了下顿，这是常有的事。那时农村上有个风气，孩子多的人家就送出去，减轻家中的负担；一家人帮人家干活，就是为了混口饭吃，根本就挣不到钱。妈妈是弟妹中最能吃苦的，外公外婆也是想有一个好名节，让自己的女儿有口饭吃，过上好日子。

“你应该有饭吃。”外婆对女儿说。

“我不去，我哪里都不去。”妈妈哭着跟外婆怄气。

“你不去在家会挨饿的。”

“我没有饭吃都要留在你们的身边。”

妈妈一下子就扑在外婆的怀里，外婆也是有点舍不得，那个晚上外婆手捂着自己的嘴哭了一夜。

外婆跟女儿两个人相拥在厅堂里哭泣，好像在做最后的告别，外婆紧抓着她一双幼稚的小手。

“明天就有人接你过去了，我实在是对不起你啊，让你去受苦也是没有更好的办法，就只好让你去别人家打工，总还有一口饭吃唉。”外婆不停地用衣角擦着眼泪。

“我去，我不怕吃苦。”妈妈站在那里，劝外婆不哭。

“从明天起，你就要一个人照顾自己，没有人会帮你，要靠自己的双手，靠自己的勤劳养活自己，如果实在太苦太累了，就再回来，妈妈永远会等你的，妈妈会很疼你的。”外婆再三安慰女儿，怕她小小的心灵受到伤害。妈妈再也听不下去，快步冲到墙角边上，失声痛哭。外婆走过去，紧抱着女儿相拥而泣。半夜三更，鸡叫的声音打破了乡村里夜晚的沉寂。

天刚亮，妈妈就被人家的佣人带走了，外婆站在村口的田埂上，看着女儿远去的背影，更是伤心落泪，不停地呼唤她的小名。那个年代有多少像妈妈一样的女人，小小年纪吃尽苦头，现代人都难以想象的。

妈妈到了人家，起早贪黑，放牛放羊，割草喂猪，背水砍柴，可以说就是给人家当牛做马，受尽了人家的虐待打骂。妈妈天天几乎最后一位吃饭，经常肚子饿得噜噜叫，等走到饭桶前一看，粘在饭桶上几粒冰冷的米饭，妈妈无力地抓着饭桶，泪水在眼里打转，这粒粒剩饭好像给妈妈的泪光浸泡得闪闪发亮，却不得不这样吞下去充饥，以眼泪当饮食，从不对人说一声怨苦，在饥寒交迫中咬紧牙关，默默地忍受着自己的困苦。妈妈不知流过多少眼泪，她想着夜间偷偷地逃回家，但一想到外婆的再三叮咛和家里妹妹们的挨饿，她不得不在半路中回转头来，嘴里叫着：

“妈妈，我要活下去，再苦再累，也要活下去。”

妈妈不是因为辛苦要逃离，而是受尽这家人的虐待辱骂，自尊被伤害，她忍受不了这家人的欺负，在一个晚上哭着逃回家。茫茫黑夜中，走了很远的路，外面狼嚎的吼声，吓得她浑身哆嗦；当她走到自己的家门口，外公却把她关在了门外，不管外婆苦口婆心地劝说，外公坚决不让她进门。过去农村有个风气，给出去就是人家的人。外公说妈妈给家里人丢脸，一点苦也熬不住，不认她这个孩子，叫她立即返回去，否则就再也不能进门。

妈妈站在门外大声哭泣，乞求外公外婆能让她进门，涕泪流在脸上，流进心中，她哭得眼泪干涸，嗓子也哑了。外婆一夜也没睡，她心里也怕外公的暴躁脾气，听到女儿在冷飕飕的风中撕心裂肺地哭泣，有了怜悯之心，不顾外公的反对，在那个纠结的晚上，外婆也是下了狠心，最终打开了门，看到弱不禁风，瘦骨嶙峋，衣衫单薄，光脚丫子哭昏了的女儿躺卧在门前，外婆叫醒她扶着进门回家，眼泪簌簌地直流下来，她真是舍不得女儿啊。这之后外公外婆心存同情，把她留在家里，干些割草、喂猪、放牛、捡粪的杂活，妈妈算是家里妹妹中最能吃苦耐劳的一根顶梁柱。

每当回忆起妈妈这段当童养媳的经历，我即难过痛苦，忍不住地流泪。

妈妈二十多岁时嫁给我父亲。她小时候每

天跑几十公里的路到山区刨山芋，父亲的家地处山区，有人称它为“高乡”，妈妈家在“渔乡”，渔乡那时候苦，靠家里几亩地养活全家几十口人，显然是雪上加霜，而高乡地多，可以自由种植农作物，生活要比渔乡来得富裕。外婆看到高乡好，又为家里条件所迫，正好自己的妹妹嫁在高乡，就托妹妹将女儿介绍给我父亲相亲成家。

02

外公外婆那时候家里贫穷，就连烧的柴火都没有，上山砍柴要徒步二三十公里。二舅到薛埠的山上砍柴，回来的路上在桥底下睡觉，不注意被桥上的水珠淋湿了头，没过几天，他好好的一个人结果脑筋不好了。他在河里捞河泥，然后挑到田里做肥料，长时间的劳动，在船上左右摇晃，他本身胆子就小，这一下吓破了胆，家人叫他也不回家，晚上又不睡觉，后来患上精神病，全身没有力气，到处都没有治好他的病，一个人待在家里郁闷至极，他到田里喷打农药，把一瓶农药喝了下去。三舅得知这一不幸的消息，连忙赶到出事的地方，并且找来家里的凉扁，急忙抬着他上医院急救，外婆跟在他担架的后面，不停地呼叫着二舅的名字，半路上抬的竹竿断成两截，二舅就死在了路上，好端端的一个人，就这样结束了自己年轻的性命，那年二舅才二十八岁，正当年轻力壮，血气方刚——二舅在我眼里是个高大魁梧，青春英俊的美少年。

二舅的姊妹们还告诉我一件事情——他年轻时谈了一个薛埠的对象，结婚时家里没有钱，女方家不肯嫁人；他到女方家里过节，身上一件像样的衣服都没有，那时候吃饭都勉为其难，哪里还买得起衣服？有时一件衣服家里的人都轮着穿，实在没有办法，外公外婆还跑到隔壁人家帮二舅借衣服，二舅个头高大，很难找到相匹配合身的衣服，不是大就是小，不是长就是短，但总算帮他应付了过去。后来这段婚姻还是黄了，二舅为这件事整天闷闷不乐、浑浑噩噩，他想不开，走上了自杀的不归路，命中注定他是一个不幸的人，家里人都为他深感惋惜。

03

我妈妈的大哥王金和走了快十四年了，不知道他走到什么地方去了，也许他走到很远的地方，也许他走到自己想要去的地方，也只有他自己明白这一切。大舅自从喝酒跌倒在地，炎热的夏天，骄阳似火，他身上起了拳头一样大的水泡，弟妹们抬着他到乡医院治疗了一个星期，花去四五千元也没有治好他的病。之后，又找救护车送到金坛人民医院住院一段时间，等出院了就住在四妹王和芳家。不知道是他酒瘾，还是赌瘾发作，大舅趁着家里没人，一个人偷偷溜走了，之后再也没有回来。他们弟妹四处打听，跑遍了周边乡村的亲戚，并向派出所报案，电视上也登了寻人启事，能想到的办法都用上了，但都没有寻找到他的下落。村上人说大舅可能投河自杀了，因为家乡的水塘长满了水花生，或许钻到那里面去了。弟妹还准备好为他庆祝七十岁大寿，可他不声不响地走了，一点音讯都没有。这么多年过去，大家聚在一起时议论起他：他是孤苦伶仃，只身一人，家徒四壁；当然身上沾染了赌博喝酒的习气，可也是一个温暖的人，对别人有着一颗怜悯之心。

他一生过得很艰苦，常常喝酒醉了躺在马

路上，赌博有时三天两头不回家。喝酒他有一个怪习惯，从来不讲究酒的好坏，菜的多少，哪怕几块钱一瓶的酒，几粒花生米，也能让他喝下一斤八两。他喜欢拉上朋友或遇到上街的熟人一起喝酒，从来不要人家付一分钱，都是自掏腰包请客。大舅身上有点阿Q精神，从不讲究自己的穿着，他是过惯这样随意放纵的生活的。

大舅走了之后，几个弟妹都舍不得他，说他如果还在的话现在也有五保供养，活着也是幸福的。他是很直爽的人，一个人还种五六亩地，平常肯吃苦耐劳；以前还谈过一个对象，自己不想要，结果苦了自己。

我时常想到大舅苦难的一生，也许是他给人害死了，埋在不被人知道的地方，好好的一个人不知不觉地消失了，并且消失得无影无踪，消失的不仅仅是他一个人，而是一个家族的生命血缘。也许我也是一个人的缘故，难以忘却大舅孤苦伶仃、穷困潦倒、流浪街头的一生。大舅自己穷，哪怕穷到没钱买酒买菜，他都不会向弟妹伸手，也不向别人乞讨。他最后花了几百元钱，买下了邻居家的一间小茅屋安度晚年。即使这样，他在街上遇到熟人会请人家喝酒，还吃一个拉一个。他是侠义的人，只要看到别人有困难都会扶手相助，他好客友善也是众人皆知。他赌钱要么不玩，玩就喜欢玩大的，只要手上有钱，玩光了才收手，他从不在乎输赢，人生对他来说，输也是一样赢法，他把赌钱看作是一件消遣人生的活法。他每次趴在赌桌上就下不来，两个眼睛像火球一样，死死地盯着银币在桌上翻滚的那一刻，他的心一下子提到脑门上，四肢都紧张起来，他不时地从自己的口袋里取出花生米，一粒一粒往嘴里放，因为他平常喝醉了酒，不知不觉会趴在赌桌上睡着了，他想给自己提一下神，盼望自己能走好运。他是一个输得起的人，一个赌博成瘾的赌徒，每次一定要等口袋里输得精光才离开，赢钱了都会请赌友们一起喝酒。每个男人都有一颗征服的野心，要的是整个世界，而不是一块墓碑。大舅对每个朋友都很率性，比对自己还要天真，他的笑容里葆有一颗孩子的心。对于他的结局，我想他是去墓地了，夜晚来临了。

大舅失踪十七年了，我时时想念他，不知道他为什么这么不幸，我无数次从他弟妹那里打听他的下落，内心常常自责。他活着的时候，我很少去看他，那间破旧而又漆黑的小屋，里面除了一个小小的灶台，一张摇晃的木床，其余什么都没有，我从没有坐下来跟他聊过事。那时候外公外婆跟大舅关系紧张，因为打过架，每年春节拜年，外公外婆也不让我们去看他，他心里一定很苦闷，自己最亲的人远离了他，怎么不伤痛呢？而且，外公外婆怪他整天在外赌博喝酒，败坏了家里的名声，我看到大舅很消沉，他跟二舅的关系也不怎么好，虽然住一前一后，但双方也互不来往，这么孤独的一个人，我想起来都觉得可怕。

大舅那时候常来我家，一来喜欢跟爸爸一起喝酒，二来爸爸身边也有几个跟他要好的赌友。有一次，大舅在我家喝酒喝哭了，尿都湿在裤子里，他酒疯发起来像刮大风一样，把柴火堆在门口烧，树枝烧得啪啪地响，浓烟四起。当时妈妈打地铺给他睡，他呕了一大滩，还将屎拉在席上，村上的酒友都说他“没清头”。

大舅是慷慨大方的酒鬼，他对那些一起喝酒的人十分友善，把他们当成兄弟，但有些人对他很卑鄙，知道他心善人直，经常占他的便利，没承想他身上的缺点，让更多人喜欢他。大舅每次醉后废话连篇，喜欢啰嗦，好管闲事，经常跑到人家门上说长论短，然后晚上像赶场子一样去赌博，听起来好像有点可笑，可这是他的人生，他是穷人群中特立的人。

我想大舅这样做也是出于无奈，他自己这一生破罐子破摔，没什么名堂，就连自己最亲的父母都看不起。他讨厌自己，为了让别人喜欢他，他会掏空口袋里的所有钱，就像个无家的人，一个天真率性的流浪汉，一个从无防范之心的好人。世上多少人控制和操纵了自己的生活，自己的名字甚至都找不到了。大舅的生活是叛逆的，他生活在属于自己的领域，自得其乐，我想每个人的人生无论成功和失败，这并不重要，关键看你是否真实地生活过，是否寻找到你自己的角色。

大舅每次来我家，妈妈都上街买好酒好菜招待他，还劝他不要赌钱，辛辛苦苦在家门口种几亩地，挣钱也不够输掉。大舅却对我妈妈说，这一辈子就这么一点爱好，没有什么地方去。我想大舅说这些话，也是出于无奈，自己早出晚归，一个人寂寞得很，加上外公外婆又不理他，他只好这样肆无忌惮，整天像个流浪汉，不是到处赌博，就是下澡堂子，在那些地方不管怎么说，多了一些认识的朋友，尽管是酒肉朋友，他也是觉得过得开心。大舅听村上的亲戚说，我父亲和妈妈总是吵嘴打架，他也劝妈妈气量大一点，看开一些，说我父亲生成了赌博喝酒的陋习，一时半点也很难戒掉，急也急不得，他劝妈妈睁一只眼闭一只眼，不要让周边邻居看笑话，生活将就着过行了。其实大舅的这些话，也是他人生的真实写照。

然而在这个世界上，我们不都是酒徒、浪荡子、无家可归者、罪孽深重的人，或者说是戴面具的囚徒，在地狱里游荡等待耶和华的救赎，用他生命的宝血洗尽我们污垢的身体，到他的流奶与蜜之地，那才是世上荣耀的天堂。我们每个人的内心都渴望见到上帝！

04

我妈妈的三妹王和美有不少跟姐姐相似的地方，都是能够吃苦耐劳，巴家巴财的人。她家种了十多亩地，养了两头猪，有两个儿子，平常生活节俭，每次见到总是微笑着邀请我们去她家吃饭。她身上瘦得骨头都显露出来，过多的辛苦劳累使她患上食道癌，家里人准备让她到南京肿瘤医院开刀，她硬是犟着不肯去。那时候家里经济拮据，两个孩子正在上初一、初二，姨夫在外面借了四千五百元帮她看病，最后实在借不到钱，只好卖掉全家四口人过冬的口粮，还是没能将她从死亡中拉回来。她在 1993 年夏天去世，那年才四十出头。

这次外公去世我见到她两个儿子，大的叫俊龙，小的叫小马，他们都娶了媳妇成家有了小孩，姨夫也重新找了一个外地人组合了新的家庭。那天晚上我还帮姨夫和她的两个儿子拍了一张合照，当我将照片给他们看时，我看到他们的脸上都洋溢着喜悦的笑容，我拍出了他们的真实情感；大儿子俊龙的一双手，简直是从火炉里烧制而成的一件雕塑作品，就像一把齿轮般的钢刀，在火焰中燃烧。既富艺术性，又富感染力，既感动，又伤痛，令我伤心落泪。生活的艰辛将他的这一双手磨砺出了钢铁般的力量。

05

我的外公叫王兆申，他去世于 2011 年 11 月 19 日。走的那天，我和大哥一家人从南京都赶到乡下为外公送行，我南京的朋友荆建明、陈锁华听说外公去世，也赶过来送我外公一程，并绕外公的遗体看了一遍。乡下人有个风俗，一般人到死人的遗体旁磕一个响头，他们却磕了三个响头。从即将封棺的外公遗体旁做告别的仪式，每个人的表情都庄严肃穆，空气顿时凝固得令人窒息，人的眼神也专注地望着棺内外公躺在那里的地方，他的脸上没有死亡的气息，只有安然睡去的慈祥表情，他让折叠的花环所簇拥，那花环就像一只只小船，又像一只只蝴蝶，总是在我的眼前飘啊、飞啦，要到美丽的世界里去，让我浮想起大海里的那一朵朵浪花的飞溅，春天里花丛中蝴蝶的争奇斗艳。此时，外公头上戴着的一顶黑帽，以及脸上瘦削的表情，就像是在过节中看到的一样，我顿时萌发要为外公拍最后一张照片的念头，急忙朝门外冲过去，取出放在包里的相机，等我再进到屋里，抬棺材的八仙们已封好棺盖，在我的一再要求下，他们打开了棺盖，我这才凝神拍下了外公的最后一张照片，也是我唯一为他拍的一张照片，那时候心里不是惧怕，而是一种安详。世上绝难看到如此甜蜜可爱的神情，以及那种面对死亡崇高的缄默，我按下快门的瞬间，我感觉到外公并没有死，他不是死了，是睡着了。他在秋天里的午后睡着午觉，又像漂泊在大海上，睡在月亮船里的鱼美人。

外公走前，妈妈的四妹王和芳来南京，还说要跟外公做九十岁大寿，她说外公嫌麻烦不肯做。这次三舅家儿子王伟强告诉我，外公曾告诉他能活到九十二岁，真的被他言中了，他能猜测到自己的死期，也就想到了自己的一生，这怕是命中注定了的事。我看到王伟强那天晚上早上，早上晚上都长时间跪在外公的棺木前不停地烧着火纸，也能看出他跟外公之间的那一份感情。我和王伟强在南京的那段交往，一样感受到他是有情有义的人。

妈妈的弟妹们晚上还为外公办了农村上的哭灵丧俗，他们在三舅家门前搭上帐篷，门口坐满了村上赶来看戏的男男女女，老老少少。昏暗的灯光打在他们的脸上，使得现场的气氛沉浸在悲哀中，人们的目光凝聚在穿白色长衣哭灵女的身上，她们向在场的人诉说着外公平凡的一生，我看到妈妈的弟妹们不停地用衣角揩着眼泪……啊，眼泪充盈着眼窝；一滴一滴，流成割不断的闪光飘带；在场的人也都一个个低着头抽泣起来，现场一片哭声。我看到大哥偷偷地躲在墙角里，一手拿着眼镜，一手用纸巾在擦泪，他的眼睛都哭红了，像大哥这样的硬汉都感动得流泪，真是一曲终难绝，万般心肠断。妈妈的弟妹们披麻戴孝跪在地上哭得死去活来，不能自已。中场的时候，哀歌变成了乐舞，现代歌舞、戏曲纷纷登场，乐得满场笑声，像是胜利的亮光照亮了外公的生命。

那一夜，我收获了多少欣悦的生命。

那一夜，我跟死亡靠得很近。

舅妈回忆起我妈妈时，说她身子像五妹，脸相像三舅。她每次来外婆家，手里总是挽着一只篮子，妈妈喜欢把家里炒的花生和炒米糖给孩子们吃，那时家里穷，拿不出钱来买别的东西。

王伟强还对我说，外公八十七岁了还一个人跑上街。他眼睛近视，小的时候就看到外公趴在饭桌上打算盘，外公那时当生产队的会计，眼睛贴得桌面很近，就像过去的私塾先生一样认真专业。外公每次上街，不用拐杖，来回走路都要跑七八里的路。

我晚上吃饭的时候，正好跟外公的弟兄、弟妹坐在一桌。他们告诉我，外公的父亲弟兄一共六个、外公弟妹七个。他们出生在地主家庭，小时候外公在食堂当会计，忠诚本分，话不多言，有时候脾气恶毒。坐在我一旁的王伟强还说："外公手凶，外婆嘴狠，他们经常为一些小事打架，两个人吵了一辈子。"小公公说外公死时脑筋很清晰，还能报出儿女们的家址，他的记忆力超乎寻常。外公是在家不小心摔倒的，左边头部撕裂一道口子，流了好多的血，抬到医院里去，医生说他脑积血，活不过两天；抬回家，也不到一个月，外公就走了。

外公的妹妹今年八十七岁了，满头白发，她说我妈妈的发型有点像她。自从妈妈嫁到山里，她去过我们家好几次。妈妈那时候个头不高很饥瘦，给她的感觉瘦得牙齿都包不起来，听到这里，我眼泪一下子滑落下来，又一次想起我妈妈的苦命。她还记得妈妈手上裂开的口子，里面都看到鲜红的血肉，她说的，就是我真实的妈妈啊！

这次外公去世，除了大姨夫和他的儿子在遥远的青海西宁没有回得来，其余的亲戚们也都到齐了，没有来的也就是已经去世的弟妹们。其实他们也来了，只是他们在天堂里跟外公外婆一起相见；此时我在窗前的阳光里，已经听到他们坐在一起的笑声，一串串的铃声，响彻了整个天宇，每个人的世界都是一个宇宙。

外公下葬的那天，天气格外晴好，亲戚们坐上三辆大客车到公墓为外公送行，弟妹们把丧事安排得非常周到，从头到尾滴水不漏，这也是妈妈引以自豪的一件事，妈妈弟妹九个都是那么勇敢、善良、勤劳的人啊。我想，妈妈在天堂里要是看到了这一切，也是乐在其中的。天堂是有窗户的，它是我们临终的眼睛，灵魂的边界。

外公一生几乎没有什么变化。依然是我儿时眼中的外公，那样的沉默寡言、温文尔雅的外公；依然是几年前外婆生病时我见到时的一样；依然是我妈妈和父亲吵架过后，他站在那里和声细语地对妈妈说一些劝慰话的外公。

外公在我的记忆中就是老旧的私塾先生的书生形象，永远是那种把手放在袖管里的人，说话做事平静的一个人。

外公是我参加过所有葬礼中最安然的一个人，好像一滴水穿过我的心脏。他让我看到死亡的美丽，也让我欣赏到死亡是一种高超的自然艺术，他的死亡是上帝最亲密的一个亲吻。

在我的眼里，外公就是一位死亡大师。

06

这已经是四十年前的事了。记得那个寒冬，我那时在乡里工作，正在睡梦中的我，隐隐听到乡政府的楼下有人喊我的名字，推开窗户，看见自己瘦削的妈妈站在昏暗的路灯下，她手里挽着一只篮子，我一看手表，才五点钟。天渐渐发亮，匆忙穿好衣服，我下楼来到妈妈面前。妈妈称自己在家实在待不下去，总是受我爸爸的气，她一边说一边哭泣，我知道妈妈又跟父亲吵架，这次又要出走外出打工。妈妈一边从篮里取出刚刚做好的一双棉鞋递在我的手上，一边叮咛我下乡要多穿点衣服，不要冻坏了手脚，因为一到冬天，我脚上手上和耳朵都会冻得流血。

这已不是妈妈第一次出走。父亲一次又一次跟妈妈打架，过后，答应戒酒戒赌，但总是破戒，每天依然喝得醉醺醺。父亲赌钱，死赌滥赌，输光了钱才回家，真是无可救药的一个人，家里的钱全部拿去喝酒赌博还不算，准备用来盖房子买回来的木材都被他拿去卖掉，妈妈常为这些事情气愤得不得不离家出走，跑到社头西徐门房弟子和唐王门房妹妹家蹲上几天，消消怒气。很多时候，外婆和大舅知道了，上门来劝爸妈好好过日子，我也因妈妈出走，到处找过好多次，不仅妈妈常挨父亲的打骂，连我和大哥也常常受到父亲的责骂和棍罚。妈妈外出有时过上几天，又回到家里，那时候真是担忧妈妈想不开会寻死路，我晚上打着电筒走几十里路去找妈妈，想想妈妈被打得遍体鳞伤，她会走哪儿呢，每想一次我都会流泪。

这次出走妈妈没带什么行李。她穿得那么单薄，眼下就是寒冷的冬天，我害怕妈妈一个人在外会出什么事情，我拉着妈妈的衣襟，紧紧地，不让她外出，生怕会失去妈妈。她还是不答应，反倒对我说，毕竟这段时间大忙过去了，也好出去挣点钱回来补贴家用。妈妈要做什么决定，是那种三头水牛也拉不回来的。我们母子在瑟缩寒风的路灯下僵持了好长一段时间，有时都不知说什么，两人就默默地站着。妈妈外出，其实是靠为别人洗衣服换取微薄的收入。

我把妈妈送到车站，帮她买好车票，送她上了车。她左手挽着一只小篮子，里面放着出门用的衣服，还有她喜爱的针线活的物件。汽车快要开了，车窗上生满厚厚的和绒毛一般的霜雪，车厢里很大的雾气，我看妈妈上车后，用手擦掉了窗上的雾珠，这时，她推窗探出头来，强作笑容对我说："下乡要记得多穿点衣服，免得冻伤了身子。"

我站在车窗前跟妈妈告别，心里有种无言的难过，妈妈见我不开心的神情，叫我回去。车慢慢地移动着，加速着，开远了。我的心在心窝里急速地跳着，就好像被绑在车轮上，随着汽车冒的黑烟一块儿跑动，那时我的心都快碎了，妈妈还在不停地向我招手。我直直地望着客车的后影，泪水夺眶而下，不禁自问，妈妈什么时候回来啊……

四十年过去，恍如昨日，汽笛一声肠已断，可谓泪眼相看，竟无语凝噎，仿佛一把竖琴，在我的心中低吟。

妈妈一个人在外地是多么孤单啊，她又会去哪里呢？我总是想着，妈妈能早点回来啊！至今想起送别妈妈时，汽车发动时冒出的黑烟、早晨的烟雾，还有窗前挥舞着星星的小手，满载着离别的惆怅。想想人生一世，草木一秋，无不在漂泊中；苦的是磨难，短的是人生；梦中的逆旅，窗前的灯火。人生不过如此，像一座灯塔，在远方 ...... 真不知那个年代，天底下有多少的妈妈因家庭暴力，压迫，远走乡里，家庭分裂，妻离子散，甚至客死他乡啊……

07

十二岁那年，一到放暑假，我和大哥每天来回步行三十公里路，跑到很远的九龙山、老人山去砍柴火，那边的鸦子山、馍头山、青龙山、老虎山，我几乎都去砍过柴。有时去晚了还弄不到柴，都被先来的人弄光了，我和大哥不得不剥些树叶子，割点草包包挑回来。砍柴都是半夜去，晚上回来，那时可怜啊，上山一把斧，下山二元五，这种苦力活的重担都落在我们这些十一二岁小孩子的肩上。甚至希望星期天下雨，不要上山砍柴火。妈妈每天都一二点起床，她为我们做好发酵饼，那种饼要提前几小时用水把酵母冲开揉在面粉里面，并用布遮盖起来，放在脸盆里发酵，然后放在铁锅里，做出又香又酥的油饼。我和大哥人手一块，小的碗口一样大，大的则有脸盆大，用布裹好，到了砍柴的山上，我们就把饼挂在树梢上。松树上香油容易引来蚂蚁，蚂蚁在松树上的行军像一道弯曲的盘山公路，等我们砍完柴才发现，挂在树梢上的饼都爬满了黑黑密密的蚂蚁军团，饼让蚂蚁啃掉了一大半，形成一个个黑洞，看着蚂蚁活灵活现地啃饼，劲头实足，我饥肠辘辘饿得不行，将饼从松树上取下来敲敲打打，赶走蚂蚁，强忍着吃下去，说实话，当时吃的时候还是觉得十分香甜。有一次我同大哥去溧阳看生病的大姑姑，车子经过我俩小时候上山砍柴的五条龙、龙虎山，我跟驾驶员史师傅开着玩笑说：过去我和大哥十几岁就来到这里山上砍柴，中午吃的饼都有你方向盘那么大，上面爬满一层蚂蚁，我们也都吃得下去，现在身体好，都是那时候吃的蚂蚁多，蚂蚁给了我营养。

我们在山上砍柴，没有水喝，都是到中午等看山的人吃午饭的时候下山，所以只有到下山的河边才能喝得上水，嘴里渴得都要生起火来。山都很险峻，越到险峻的地方反倒越是能砍到柴火，那地方很少有人走过，山险峻得牛都站不住脚，两脚要是站不稳会滚下山去，有时也会有生命的危险。特别是捆柴时要有技巧。我们砍完柴在下山的路上，或在山上，被看山的看管员抓去，他们一旦发现我们，不但会吹哨子，而且有时还偷偷在路上拦击，如果被抓去了，砍的柴、镰刀、耙子和扁担全部都要没收。大哥总是走在前面的路上，等到在安全的地方休息时，再回过头来帮我挑上一段，我在后面，则不停地叫着大哥。有一次我们在老虎山脚下蹲了一夜，还是被看山的看管员抓到，扁担绳子都被拿走了，晚上听到狼的叫声，人顿时吓得刺猬一样，毛骨悚然。

大哥每次砍的柴都比我要多，我有时挑到半路扁担就断开了，大哥砍一根松树，然后将树枝修掉绑在扁担上，扁担因为中间断开了，我的两个肩膀被夹得血肉横飞，疼得眼泪直往下掉，一个劲地叫着大哥，希望他来帮我一把。那时候想着自家日子混得比人家好，村上邻居家的小孩都干这种活。几十里路走下来，肚子饿得呱呱叫，就像牛吼的声音一样，只好跑到路边的河里喝水充饥，偷一点人家的瓜果和山芋。我那时身体孱弱，人家一个肩膀挑担，我都是用双手托着扁担的两头，好像四个肩膀挑担，肩膀上全被夹出了血泡，松树的棍上都粘着皮肉。记得还有一次砍柴回家的半路上，我右脚的鞋子被洪水冲掉了，光着脚走回来，脚指头血肉模糊。我家那年新造的三间青瓦房都是靠我同大哥一个暑假砍柴卖的钱积攒起来。当年我才十二岁啊，就跑这么远的路，就受这么大的苦，一到梅雨季节，我的腰就像裹了一根针，断骨般疼痛，腰佝偻也是从那时开始，十一二岁的孩子就要承担这样的生活重担。妈妈生产队放工后都会跑五六公里的路到蚂蚁堂的地方来接应我们，我从没有见过父亲来接过，而是妈妈一个人站在旷野里，她单薄的衣着和稀疏花白的头发让狂风吹起的瞬间，就像雷电在我眼前一样闪击。生活就是映像，在我儿时的心灵中再痛再难也都是一种美好的存在。那时候我们小小年纪，荷担伐柴，真是历尽生活的种种艰辛，但也有了那种即使肩膀上磨出血泡、即使看见血肉、即使每一次跌倒，也要将肩上的柴火挑回家的倔强。

我们每放完学要帮家里干活。我家承包了生产队的砖瓦厂，几乎每天需要我们到窑厂帮着爸妈踹烂泥制砖瓦，我和大哥夏天汗流浃背，像从油锅里出来，晚上到家腿肿胀成一根木棍，难以入眠。白天上午上山砍柴，下午回来还得踹烂泥制砖瓦，晚上还要守在窑洞里烧窑，这种干劲和热情是从苦中来的，根本就没有玩的时候。我记得当初跟村里的华龙小一起烧窑，我们喜欢跑到窑前的地里偷挖别人家的红山芋，然后放到窑里烤着吃，这也是我们最好的晚餐。我们轮换着到河里玩水游泳，红红的火苗照彻着小小的脸蛋，我们脸上因窑洞烧的灰尘，也都长满了小胡子，身体都被烤得通红，背脊后的汗水滚烫。可惜这位童年的伙伴却被车子撞死了，这也是我一生的遗憾。我们还要用竹制的小推车，将烧好的砖瓦拉到街上去卖钱。这种苦头对于我来说难以尽述，在我幼小的心灵上留下了烙印。

08

我的妈妈手脚上裂开无数道口子，她生下我没有满月就下地干苦活，赤脚下地插秧、挖山芋，家乡的老人告诉我，山上的泥土烧手脚，一到冬天，妈妈手脚上裂开的口子，烙满了血印，像小孩子的嘴一样大。妈妈节俭得连块橡皮膏贴都舍不得买，为了节省，她把膏贴剪得黄豆一样大小，每干一次活，她手脚上的膏贴都溢出血来；到了深夜，等自己忙完了家里的活，她一个人坐在大厅里用热水泡手脚，用刀把手脚上起的老皮刮掉，这样就不长老茧。妈妈刮时，咬紧牙关，有时看到她眼里含着泪水，那种疼得要命的感觉常人是体会不来的。刮完，挤点蛤蜊油在裂开的口缝里，然后再一点一滴地贴上她剪的橡皮膏贴，妈妈说这样不但贴得牢固，手脚还会好得快点。那时候农村妇女洗衣服用肥皂粉对裂口子不好，但衣服脏了少不了它。对于裂口子的人来说，夏天的气温暖和对手脚要好一点。

我妈妈每天洗衣服、煮饭、烧猪食、做清洁、割草，一天忙到晚，从没见她休息过，她花了一辈子的时间来照顾我们。记得我八九岁时，一到放学就帮着家里干活，生产队每户人家都要轮流放半个月的牛，我家基本都是我放牛。我把牛放在野地里吃草，自己跑到自家棉花地里帮妈妈采摘棉花，棉花壳子坚硬，妈妈裂开口子的手不小心被尖尖的壳子轧上，疼得咬着牙齿，两只手紧紧捏在一起，血流到棉花上，染红了洁白的棉花。每到寒冬，妈妈在刺骨的水里洗碗、洗菜、下地干活，我的心都拎了起来，以至现在一想起来，泪就流出。

妈妈的手因为长年累月的劳动，变得又粗又大，看上去就像睡在墙角边的一把旧扫帚，白天看不出它的光泽，但月亮升起时，月光洒落在扫帚上的那个瞬间，美得像是妈妈一生的哀歌。星光满地，大地上的晨光。

妈妈自杀住进了医院，我在她床边守了一夜，我的手紧紧抓着妈妈的手没有松开过。长这么大我从没有像那个晚上这样近地抚摸妈妈那一双粗糙丑陋的手。之前她刚腌过咸菜，手上裂开的口子还积着一层薄薄的盐霜，口子坚硬地竖起了“耳朵”。而此时我不忍心看她手上被盐水似的针刺着，妈妈手上裂口子就连买一块橡皮膏贴一下她都舍不得，每天咬着牙强忍疼痛，有时我看到妈妈疼得嘴都歪着，牙齿咯吱咯吱地响，她的那种坚忍令人心痛，却没有法子去帮她解脱痛苦，妈妈是多么懂得节俭的人呀！

我坐在妈妈病床前，直到通宵，看到躺在床上面无血色、骨瘦如柴、头发花白的妈妈，我不停地喊着“妈妈，你醒醒呀，醒醒呀”，不管我怎么使劲地喊，她也没有一句回应的话。透过窗外，外面的雪花在黑暗里像牛郎织女一样飞舞，她织着我美好的梦，盼着妈妈能醒过来，我握着妈妈冰凉的手，欲哭无泪，心如刀绞——天亮时，妈妈就离开了我们。

我在妈妈病床边守了一夜，就像守了一千年。

我想，妈妈最幸福的时候应当是她用双手将我抱在怀里，我小嘴巴不息地吮吸着她乳汁的片刻时光，就像一只蝴蝶吮吸花瓣的芳香。多么想再一次抚摸妈妈那一双手，可惜我这一生再也不能抚摸了，再也看不到了，我怎么不伤心欲绝呢！

09

我妈妈是好人，她常常以一己之力去帮助别人，她是一个心中有爱的人。至今我还回忆起妈妈用自家穿剩下来的破布棉衣帮助村上人纳鞋底的情景。吃过晚饭，收拾好家里的东西，一个人蹲在暗淡的油灯下，她先是用一块硬纸剪成布骨，然后找来一块块破布，眼屎大的破布妈妈都舍不得扔掉，细心地用糨糊粘在上面，糨糊是以自家面粉兑水熬制，第二天把它放到太阳底下晒干，然后按照鞋底样子剪出来，找来鞋样做鞋。纳鞋底还要有一定的手劲，遇到鞋底里的打结，妈妈得咬紧牙齿死命将长针扎进厚厚的鞋底，鞋底厚的时候更有二十多层，妈妈称作千层底，要想把鞋底纳好容易，但要纳得紧纳得有样子并不容易。妈妈的鞋底打得平、针线密，摸上去就像一块光滑的石头，整整齐齐，有模有样，坚固耐用，即使用三把刀砍上去也都不会断裂，像妈妈宁折不弯的身子一样坚硬。我见过不少妈妈们织的鞋底，也收藏了好多双，就是为了纪念世上妈妈们的劳苦。我唯一喜欢的还是自己妈妈的鞋底，即使鞋帮穿破了，鞋底还是依旧如初。

有时看到妈妈纳到坚硬处，拼着力气使劲

将线抽出来，这样上下穿针引线，不亚于一次体力活，妈妈专注地、全身心地投入进去，仿佛所有的心思都凝入那一只只鞋底里。村上的妇女以及隔壁邻居，还有刚结婚的女孩，三天两头跑上门来讨教，她们不约而同地受到我妈妈的恩惠，帮助她们打鞋样，好让她们带回家。妈妈这一生帮村里人做了多少双鞋底，送给村上人多少鞋样，我实难以记得。而当别人夸耀我妈妈的时候，妈妈都是朝人微笑地缄默不言，她没有自以为傲，最多也就是对上门来讨教的人慷慨地摆摆手说：“这一双拿去吧。”

妈妈去世，我发现有二十二双鞋底，以及扎好的碎布料整整齐齐地码放在衣柜里，在我看来，那是妈妈的宝贝。我用手翻着，好像妈妈的手在我的手上，妈妈还没有离我而去。

这些鞋底够我们全家穿上好几年，我当时取了两双，将它带着留作纪念，好像妈妈天天在我身边，我天天看到她的模样，权当是妈妈剩下的唯一的东西。

我看到那个年代妈妈们的艰辛，一分钱都要算计着用，一双鞋子坏了布丁都找不到补，生产队一个人一天二两粮票，生病没有钱看。我亲眼看到村上一位四十出头的妇女，得了病到城里看过之后，因为没有钱就放弃治疗，躺在地上摆放的门板上活活地死去。村上也有不少妇女到镇上卖血生活。妈妈穿过的鞋子衣服坏了舍不得扔掉，过年了，破掉的衣服就用颜色深的布料补上去，看上去变成新的一样。过去连一点猪肉都吃不上，鸡和猪都不准养，会被扣上资本主义的帽子。我家里因为比别人家好，爸爸曾被五花大绑戴高帽挨斗。那天正好因为主席去世，广播里播放着他老人家去世的消息，一路上赶来邓国和家门前看批斗我爸爸和贾根林的妇女们，都发出大声的哭声，这个日子我永远无法忘记。甚至有人吃的东西比猪食还差，现在的人根本不知道那时候饥饿是怎样过来的，穷是什么样一种景象，所以我的衣服破了会找人重新加工，鞋子破了拿到路边的修鞋摊去做帮子，脱胶了补胶。我有一双皮鞋一穿就是十五年，有人笑话我，这么大一个老板一双鞋子都买不起，不要说有些人不敢相信，就连修鞋的师傅都难以置信。在书店做保洁的陶阿姨一干整整八年，她见证了我进出卫生间留下的鞋印，从中判断我今天是否来书店了，因为脚上还是那双鞋。我衣服的领子、口袋、袖口、脚口破了，都找巷子里的裁缝师傅修补，有的衣服一穿就是二三十年的工龄，这里面不自觉有我对妈妈的那份朴素的感情，留有那个年代一代人的烙印。

我从乡里到县城又辗转省城，四十年转蓬数次的流转之苦，都能喝得苦杯，饱受得磨难，而有一件事挂在我的心上挥之不去的是，妈妈纳的鞋底不知丢失在何处，我怎么也回忆不起来，这是我人生的一大遗憾。要是还在身边，仿佛又可见到妈妈在灯光下穿针引线时的模样，我为丢失了那两双鞋底而感到伤痛。说多么珍贵，是很珍贵，但其实也真是普通，可那一块一块当中，一层一层之间，一针一线丝缕，无不连结着妈妈和我们的生命，这是妈妈朴素生活里对我们最深沉的爱恋。以至我到乡下去，看到不少倒塌的房屋里，如有妈妈们做的鞋底扔在布满灰尘的地方，不管再怎么破，都要捡拾回来作为珍藏，我要把对妈妈的思念永远地留在身边。

10

妈妈闲时的爱好除了扎鞋底，还喜欢炒南瓜子。妈妈难得消遣自己的寂寞，有时家里无聊，冬天晚上父亲外出赌钱，她一个人坐在堂前，只能用瓜子解闷。妈妈炒瓜子大多在雨天或者晚饭后，脸上露出神采奕奕的表情，还哼着黄梅戏的小调，那也是妈妈一天疲劳后最欢喜快乐的时光。先是把火烧足了，再将瓜子放进去，这时火要不大不小，慢慢炒，等瓜子炒得小肚子鼓起来，颜色变黄，妈妈就取半杯开水，在里面加五克左右的盐搅拌好倒下去，翻炒四五分钟，瓜子在灶里发出响声。如果盐下去粘锅，妈妈就把瓜子铲上来，洗干净锅，再烧，这时候的瓜子干净光亮。妈妈常跟我们说，放盐炒的瓜子，味香。有时火大了，也会把瓜子炒出焦巴来，看到焦巴的瓜子，妈妈会说，心急吃不了热豆腐。过去村上人看电影和打小牌的时候，习惯了抓一把瓜子放在手上或口袋里，吃得满地白花花一片，有时直到天亮才散去。

小时候还有一件事情让我回味无穷，那是妈妈做糯米饼。那些年头穷，一家人辛苦一年，勉强吃上一顿饺子，过年妈妈也才会做糯米饼。妈妈把糯米买回来，放在水中浸泡半天，然后像煮饭淘米一样，把米放在木桶或石槽里装出来晒干，用开水将粉揉得不软不硬，太软太硬都做不起来。还有一种做法，把芝麻包在里面放在锅上烤，平常农村人家吃不到这种饼，能吃上这种饼的就是好的人家，或者就是过年时才能吃得上。因为难得吃一次，都觉得特别好吃，有一次我吃快了，嘴上烫出泡来，还留下一块疤痕。

11

每到端午节的时候，妈妈都要包粽子给我们吃，还要送给祖父和堂爷。妈妈是提前在集镇上买好粽叶，扎得一捆捆放在太阳下晒，到包的时候才用水浸泡。先是把糯米用盐巴洗，粽子里放上蜜枣就是甜的，放上咸肉就是咸的，还有放咸鸭蛋和绿豆的，反正喜欢吃什么就放什么。粽子想包好并不容易，小时候看到妈妈包粽子，左手拿着粽皮裹好的粽子，右手抓着粽皮，还用左边的牙齿咬紧粽皮抽紧。我问妈妈为什么这么用劲，妈妈说这样扎紧的粽子不会散，有时妈妈还用细白线扎紧。妈妈还说，粽子包得不紧会漏米，会从后门走；扎得不好，也会走后门，米会漏出来。每只粽子在妈妈的手里都是有模有样，有棱有角，不熟就咬不动，不像有的人手快，包得松，还没下锅，就散了骨架。我也学着包过，总是散得多，下锅煮过之后都露出了嘴脸。

不但包粽子有讲究，连烧粽子也有说法，粽子下锅，水要漫过，角不能看到，否则不会熟。烧开之后，用手捏，柔软的也就说明粽子熟透了。妈妈把包好的粽子送给人家，心里满是喜悦。妈妈一生都在用力为我们这个家操劳，同时也为别人尽力相助。

12

妈妈勤俭持家，手脚灵活，在村上的一般女性当中，就算一万个人里头，也很难找到一个，村里邻居见到我也这么说，绝非我的妈妈是她而故意抬高之意。妈妈早上是四点钟起床，烧好早饭就出去干活，常常不到天黑看不到她回家。在我很小的时候，家里穷得连一根腰带都买不起，妈妈做好草绳，系在我们的腰上，而且草绳系得暖和，没有风吹进去。上山砍柴鞋走断了，有时跑在半路上断成几瓣，脚趾都裸露在外面，血迹斑斑，妈妈就为我们打草鞋。妈妈是多么节俭持家的人啊！她连路边的一根草都捡回来当柴火烧。我们家里洗脸用的毛巾，妈妈把它剪断了分成两块，一家四口人共用两块，即便破出一个个洞眼，发出难闻的气味，妈妈也舍不得扔掉。我们那个时候不到过年，是穿不到新衣服的，这大都是妈妈从街上买回来布料，自己在家当裁缝。为了省钱，还买回一台裁缝机，这是妈妈补贴家用的利器，一到闲时，我看到妈妈会在家里忙着做衣服。妈妈平时还把家里穿破的衣服，缝缝补补坚持再穿，即便不能再穿，也用来做鞋底和鞋帮，甚至送给邻居。妈妈节省得有时连我们穿的裤子，左边缝的是蓝线，右边却是白线，一点都不浪费掉。每次穿上妈妈做好的衣服，心里都像捡到宝贝一样开心。我们穿的袜子原来是棉纱做的，不经穿，妈妈也给袜子做上了底，这样可以穿长一点。妈妈一边缝补衣服，一边唱着她最喜欢的《梁山伯与祝英台》，有时唱得传神，眉开眼笑；她把自己的爱缝在了衣服里，唱得大树、小河都流泪。时至今日，我耳边也常回响着妈妈脚踩着缝纫机轧轧轧的声音，她坐在昏暗的灯光下一天天消瘦下去的背影，却照亮了我的内心。在我的记忆里，生活啊，越是艰难，越是耀眼。

磨豆腐的豆腐渣，别的人家用来当猪食，妈妈炒着当饭吃，不过吃起来倒是香喷喷的。妈妈烧的粥饭都是软软的，碗里一吹三尺浪，里面没有多少米，烧硬了不够吃。那年头要能吃上肉是很难的，除了逢年过节，乡下人平常很少吃肉，有时见到妈妈从街上买回了肉，我和大哥都高兴得跳了起来："有肉吃了，太好了，太好了！"我吃饭时把米粒丢在桌上，吃快了也会塞进鼻孔里，她马上跑过来，抓起我的小手打我的手掌心，把我打得眼泪鼻涕汪汪流，我把米粒吃进肚子里，有一种咸咸的味道，手掌心也被打成红的一片天。那时候小，也不知道什么叫珍惜，等我渐渐长大了才发现，那一粒粒的米饭无不是妈妈劳作时头上的每一滴晶莹的汗珠。

我日后的人格发展，包括对生活秉持的节俭和勤劳，都是从妈妈那儿得来的。尤其在我的人生命运和事业发生转变之后，妈妈所经历的许多艰难更让我时刻铭记，她是我的一面镜子。妈妈不识字，却是世界上最辛苦一生的人。想起过去的那些事，有时止不住哭出声来，晚上我捂着枕头嚎啕大哭。

13

大约在我七八岁的年纪，寒冷的清晨，我常常穿着一条带补丁的棉裤，腰上系着一草绳，脚指头露在草鞋外头，头上戴一顶猪八戒式的鸭舌帽，手上长满的冻疮流着脓水，左手拎着一只小簸箕，右手拿着一只小铁铲……我手上的冻疮是那时候留下来的，伤痕累累，我的童年。

我五六点钟起床，起晚了捡不到粪，村里的小孩都干这种脏活！那年头我脚上连一双鞋子都没有，多亏了自己妈妈编织的草鞋。不过，即便好一点人家的小孩，鞋子也都露出脚指头，那脚指头就像红扑扑的小山芋，有的冻得用棉花裹着。我早晨出去捡牛粪、放牛，光着脚，回来上学也是一样。村上像我这样一群蓬头垢面、肮脏瘦弱的小孩，就像赶场子一样，在村头村尾到处窜跑着捡牛粪鸡粪，个个都挺神气活现的。牛粪鸡粪捡得多的孩子脸上露出天使般的表情，就像得到一枚银币一样喜悦；没有捡到牛粪鸡粪的就气嘭膨的，生怕回家会遭到妈妈的一顿打骂，甚至还要罚一顿早饭。

我们看到一群鸡来，就厮守着它们拉粪下来，不但睁大眼睛看着鸡，害怕跑了，还要注意别人去抢粪。特别是看到一头牛，我们要守上半小时，每个人都睁得眼睛裂开了，像一道阳光一样猛烈，有时也有白等一场的悲切，总想这头牛会给我带来好运。牛拉粪的时候尾巴自然翘得老高，那是牛一天中最欢心放松的时刻。牛粪从牛屁股下来，冒着一串串悠悠的青烟，我用小铲刀去捡的那一刹那，嘴里的口水都往外流。饥饿的肚子痒痒的，那一股扑鼻的清香令我回味无穷。那时家家都很穷，不要说吃的，连烧饭的柴火都没有够的。妈妈把我捡来的牛粪做成一块块像碗口一样的大饼，摔到泥巴墙上，晒干了当柴火烧。墙上一块块发黑发黄的牛饼就好像一盘象棋的棋子，又好像一种行为艺术，牛饼在锅堂里烧出来的米饭香飘万里。妈妈还把鸡粪拿到菜地当肥料。我也把牛粪当成自己的玩物，小时候喜欢和村里的小朋友一起放鞭炮，把鞭炮插在牛粪上去玩，牛粪也给炸得香气扑鼻。

妈妈教会了我从小如何劳动。那时候要活下去，就别想着依靠别人，一切都得靠自己。因此，当我六七岁的时候，妈妈就教我怎么去捡大粪、放牛、割草、捡麦穗，还有做饭的活。等我渐渐长大，到了十二三四岁，我和大哥上山砍柴、挑担，帮助家里干起重活儿。说起来还是残酷的现实，但这些对我长大之后的独立自理和珍惜生活有如此之多的帮助，我非常怀念那个充满着青春和美好的地方，没有忘记自己还是一个孩子。我的少年时光是苦涩的，也是充满幻想和孤独的，但朗照着诗样的明净，耀如清晨的甘露。

这一生从乡下走到省城，不管走到哪里，

我都让自己站在时间的一边。我永远记住自己曾经是一个乡下的孩子，至今身上都散发着故乡泥土的芬芳，这是我引以为荣的。如果这一生重新投胎做人，我还会选择自己是一个乡下人——站在时间一边。故乡像一块长满了苍苔的岩石。我希望自己能永远停留在童年世界。

14

我六岁那年，家里把炒米的灰倒在了河边的草塘，我同村上几个同龄人一起去玩火，正好那天的风又很大，不幸烧着了我腿上的破棉裤，我的右腿烧得像是从火塘里取出来的木棍，皮肉一块块脱落下来。爸妈及时把我送到镇上的医院，医生见我的腿烧伤严重，不敢接收，爸妈就把我背回家。白天我留在祖父屋里，祖父从屋檐边挖来马来头和野菊花，放在锅里用水煮，等凉了再用棉絮擦洗脚上的毒气，这种疗法没有奏效。爸妈又听说用活老鼠熬油能治疗烧伤，她就晚上出去捉老鼠回来，为了治好我的病，爸妈用砖头临时砌了一个灶台，将老鼠放在上面熬出油，然后敷在我的腿上。一个小生命为我而死，当时我还没有一点怜悯，现在想来心生同情，毕竟它和我都是小小的生命，一切有生命的东西都是珍贵的尘土。妈妈凹陷的脸庞，以及她枯瘦的双手，在灶台前将老鼠放在火中熬油的景象，至今还历历在目。妈妈每天为我忙到深夜，一个疗程之后，我的腿还是没有转好的迹象，该想的办法都用过了，实在找不到更好的法子，又很快将我转到县城医院。不幸的是，医生早上和晚上帮我换药时，发现腿上的肉有的开始腐烂，上面积着蛆，有的部位已在发臭坏死，医生研究的结果是赶紧进行截肢。医生找我妈妈谈话，说明情况的严重性，但我妈妈死活不同意截肢。

“他还那么小，不该断腿。”妈妈对医生说。

“但免于截肢的办法，是将腿部的蛆慢慢清除干净，然后植皮。”医生告诉妈妈。

“植皮从哪里来？”妈妈问。

“只有从他本人身上一刀刀割下来，存活率才高。”医生说。

“那样总比断腿好，我不想看到他残废。”妈妈斩钉截铁地回答。

在妈妈一心坚持下，医生答应了给我做植皮手术，但考虑到手术的风险，植皮要流失我身上大量的血，医生提出要为我备输 500cc 的血液，并且血型必须跟我是同类的。

那几日，我看到妈妈心急如焚，她每天半夜趴在我的床前打瞌睡，怎么也睡不着啊，正愁着为我看病的钱从哪里来。我们并不是有钱的人家，哪有钱买血？送我来住院也是变着法子凑钱的，卖掉了家里四个人的口粮。在那个年代，农民苦的是命，是最没有活命的人，也是世上最劳苦的人。我在农村长大，亲眼目睹，有些农村妇女靠卖血维持自家的生计，有的要跑好几公里路去上街卖血，也有的妇女因为卖血过多而倒在回家的半路上。往事历历，不堪回首，每当我回想起来，都深深为她们掬一把辛酸的眼泪。

我爸爸的身体结实，他最害怕打针，自己一有病，宁可多吃点药，也不愿打针．医生要化验我爸爸的血型，他一个人却趁着夜色降临，偷着乘船溜回家了。这在别人看来是不可原谅的，自己儿子的病眼看着不救，哪里有做爸爸的尊严？后来我原谅了他。当然还是我的妈妈，只要有一线希望，她都尽全力拯救我的生命。医生对我妈妈的血型进行了化验，结果验出，是同类血型。可我妈妈身体虚弱，本身就骨瘦如柴，医生怕她有生命危险，不肯让我妈妈输血。我看到医生拿了一张白纸过来，要我妈妈签下保证书，如果有人身安全由我妈妈个人承担。我妈妈从来没有上过学，她伸出那只枯干的手，撸了一下袖管，眼睛直直地把拇指按了下去。妈妈按下手印在常人看来虽是一件小事，但在我的生死关头，这真是一件惊天地、泣鬼神的壮烈举措。为了救我，妈妈并无选择，她把自己的生命都押上了，我的妈妈真是勇气惊人。写到这里，我的眼泪无法忍住地流下来；指纹盘系着生命的母系，连接着我们母子的情感。

妈妈当时抽完血，似乎一下子消瘦了下去，但她还坐在我的病床前，一个劲地鼓励我不要害怕。妈妈在我被推进手术室的时刻，她焦虑不安地看着我，神经绷得紧紧的，不知道这么一进去会给我带来什么……那一刻，我多么想扑上去安慰一下妈妈。

第三天我被绑在手术台上，我狂呼乱叫，嚎啕大哭，又过了一会儿，医生为我注射麻醉药，我瞬间失去意识，昏了过去，像木头似的毫无动弹，听任医生摆布。等我醒来时，我的感觉与其说是接近于生，毋宁说是濒临于死，那死的形象十分逼真。我的双腿石块一样沉重，绑上了大大的石膏，动弹不得，这时才发觉我的左大腿上的皮给割掉了，他们把从我左大腿上取下来的皮，变成颗粒一样大小，然后再移植到烧伤的右腿上，这样移植的存活率高。

妈妈是想保住我的腿，是想让我站起来，重新展开自己的人生，她知道如果会残废，我宁可去死！最终医生还是帮我保住了腿。

“我好怕，妈妈。”我哭喊着。

“别怕，有我陪着你，你好好睡吧。”

“现在截肢是最保险的。”医生告诉我妈妈。

我听到他们之间的对话，这是一个不好的信号，如果妈妈听取了医生的建议，那就意味着我这一生成了残废，这是我妈妈不想看到的。一个乡下女人，一个不识字的妈妈，她此刻的态度将决定我一生的命运。可我妈妈即便献出自己的生命，也在所不惜，这就是我勇敢善良的妈妈，这就是天下妈妈们的伟大。妈妈为了我，做出了常人难以想象的牺牲，她以自己的坚贞不屈保住了我这条腿，拯救了我的生命。

我想此刻妈妈眼睁睁看着自己的儿子一条腿上的皮一块块割下来，血流成了一条条支流，妈妈心里疼痛得就像锯子一样吱吱直响，她没想到这件事发生在自己亲生儿子身上。她情愿从自己身上割去一块块肉，也不愿自己儿子遭受这么大的苦难。妈妈的心提到嗓子眼，她叫不出声，这是无法替代的事。

“手术很成功，你不必截肢了。”妈妈微笑着安慰我。

我植皮后昏睡过去，妈妈在我床边轻声唤我，等我醒来，她给我喂东西吃。

“吃一点点就好，求求你，儿啊，你刚做完手术……”

“再来一次，一点点，就一点点，你很快就会好的。”

“很好，一点点就好。吃完睡个好觉。”

“吃点东西，不然你撑不过去。求求你，儿啊。”

“你快点振作起来，我们好早点回家！”我耳边时时听到她的声音。

妈妈在一个劲儿地哄我、劝我，甚至编出很多劝我吃东西的花样，她是想让我的腿尽快好起来。医院里的每天开支，妈妈既心疼，又着急，她多么希望我尽早出院，何况家里的农活还等着她。

妈妈为了我输血过多，两鬓凹陷得变形，她看上去真像一具只剩皮包骨头的活骷髅，我有时都不忍心看她一眼。为了省钱，她独自忍受饥饿的煎熬，每天晚上就趴在我的床前打盹过夜，家里只要能卖钱的东西都当掉了。妈妈每次到饭堂去打饭，碗里都打得满满，妈妈舍不得吃，节省下来给我吃。就这样，她日以继夜守候在我的身边，不敢离开一步，生怕我从她身边消逝。在我看来，人间的美善、仁爱，比起母爱，不过是沧海一粟。

15

妈妈在医院里结识了一位好心的阿姨，她是医院食堂的一名烧饭妇女，与妈妈同名同姓，也叫王来娣。她每天活干完了，会来到我住的病房，与我妈妈一起闲谈。妈妈在医院闲着，为阿姨做了好几双鞋底，或许都是乡下女人，彼此都有共同的处境，所以有了相互的友情。阿姨见我妈妈脸上挂着愁容，在闲谈中得知，是在为我没有钱出院犯愁，她就为我妈妈出了一个馊主意，叫我妈妈带着我出逃。早上她帮着妈妈背着我，从医院的后门逃出去，并将我们一路送到轮船码头。我想妈妈做出这样的举措也是迫不得已。后来医院派人下来问我家收过两次钱，他们拿出的病历单上还写着逃跑两字。那时生产队见我家困难，实在拿不出什么钱来，收钱的人也见我家空无一物，就帮着减免了医药费用。在我的印象里，之后妈妈经常拎着自家鸡下的蛋，以及家里炸的炒米和花生进城，妈妈告诉我她是去看望曾经救过我出逃的阿姨。那位妇女长的模样我记不清楚，只记得有一位姓戴的医生，个子矮矮的，是我的一位老乡，他每次到我床位来换药都很客气。

我时常想起妈妈奔波答谢的背影，那么一

件小小的事，其实已不是小小的，让妈妈忘不了那一份情谊，她往返县城看望那位帮我出逃的阿姨。她是个身材矮小的人，手上挽着一篮子鸡蛋、炒米和花生，来回奔波五六十公里路程。我写到这里都禁不住流泪，如果时光倒流四十年，我一定陪妈妈去看看那位阿姨，哪怕再遥远。这真是四十年踪迹，四十年心迹，那位阿姨是我们一家的恩人。

我这一生中如果学到了一点点对别人的善心，如果学到了一点点面对克服困难的勇敢，如果有了一点点小小的成就，要感谢的，都是我善良的妈妈。

在妈妈的身上，我看到了慈悲。人活着要有慈悲，像母爱子的慈悲一样，慈悲是人心中的一盏明灯。人的根基不是建立在强大上，而是建立在爱的磐石上。妈妈心底里铭刻着那一份美好的感恩，这是妈妈一生忘不了的回忆，也成了我一生的回忆。

16

妈妈几乎是在跟爸爸的吵架中，走完了自己的一生，他们三天两头地吵闹打架。爸爸是个酒鬼和赌徒，他喝酒总是烂醉如泥，有一个酗酒恶习，嗜酒无度，一个人平常在家里也喝上半斤八两。只要上街，他会叫上三朋四友在一张桌上喝酒。夏天喝醉了即躺在炎热的路边，甚至时有生命的危险，好心人看到都将其搀扶回家。

记得在一个炎热的下午，我看到爸爸在镇上酒馆里出来，一共四个酒友，他们走路都七倒八歪的，有两个手搭着肩，边走边说着满嘴的酒话，只是走得很慢，另两个见状还朝我爸发火，骂着脏话："今天你喝多了，昨晚坐在你边上看牌的大眼睛，扎长辫子的女人是你什么人啊？你可老实交代，不然就要告诉你老婆！"爸爸和另一个赤着身子、光着膀子的人走在街头，他们把衣服搭在肩上，好像赢了钱一样开心，发着酒疯似的在街上不停嚷着。过往的人不时地朝他们看着，离他们远远的，生怕会遭遇不测。其中有一个瘦骨嶙峋、皮包骨头猴子一样的男人，佝偻着腰走到街上那座石桥上，他在栏杆上倚立了一会儿，散着酒气的当儿不小心将披在肩上的衣服掉落到河里去。眼睁睁看着那一件爬满了虱子邋遢的衣服随河水流走了，顿时他绝望地大哭，像家里死了人一样，引来过路人笑骂。站在他旁边的另一个酒友怕他情绪失控，怕他纵身跳下河去寻死，就紧紧抓住他一把骨头的胳膊不放。那哭的男人惊醒了过来，用尽全部力气将酒友推得远远的。这样的场面在我儿时的景象中司空见惯。

爸爸也因赌博深更半夜不归，我看到爸爸早上回来睡觉，衣服也不脱去，倒下去就拉起了风箱，呼呼大睡，这已是常有的事情。爸爸钱输光了还朝妈妈身上出气，妈妈看他输了钱也常吵架，说他两句，他就打骂妈妈，妈妈常被打得死去活来。有一次就为一顿饭做晚了，爸爸叫嚷着“我饿了”，控制不住自己暴躁被魔鬼引诱的情绪，发泄在我可怜妈妈的身上。他走上去，将妈妈正在擀的面条扔到门外，拿起桌上擀面的棍子挥向妈妈，爸爸用棍棒猛烈地砸向妈妈瘦骨如柴的身体。妈妈瘫倒在地上，因肩骨断裂而痛苦扭动，过了一会儿无声息了，鲜血淋淋。她躺在地上甚是痛苦，一个人在那里哀哭切齿，邻居们没人敢上去拉她一把，死亡的阴影笼罩着整个屋子，村上跟妈妈要好的邻居赶紧找来比爸爸年长的亲戚上门劝说和拉架，有时我看见祖父也赶来大骂爸爸一顿。等爸爸这场暴风雨停息，才有人上前把奄奄一息的妈妈抬到床上，重的时候就直接送往镇上医院。这种场面不但吓人，而且十分恐怖。就这样，像这样的棍棒无数次打向我妈妈，莫名其妙就被痛打一顿。

我还亲眼看到，有一次爸爸把喂猪的水桶咣的一下子砸在妈妈瘦小的身上，妈妈蜷缩在烧饭的火塘角落，大声地哭着流着眼泪，没有一个人敢去帮助她。那时我才八九岁，看着凶狠暴君一样的爸爸毒打自己的妈妈，我和大哥站在一边哭喊着“妈妈、妈妈”，毒打的场面太可怕了。有时打起架来还动菜刀，爸爸一把揪住妈妈的头发往砖墙使劲撞击。妈妈，看到你在角落里痛苦悲切地哭泣，你被撞击得头上流着血时，我多么想奔过去帮帮你，擦去你脸上的眼泪，止住你头上正流的鲜血……那时候，我们是多么小，多么害怕爸爸，我们只站在一旁，全身发抖，面色苍白，心里惧怕到极点，心里甚是痛苦，流泪哭泣多少次啊。妈妈的眼泪流成河，我也和妈妈哭得如同一人。我们真的不可理解爸爸对妈妈的这种行为，爸爸发这么大的脾气，以这种方式对待妈妈，我们不能理解眼前发生的这一切。帮不了我妈妈的忙啊！妈妈啊！我的妈妈，你不但受苦，而且也受尽折磨。多少年过去了，每当想起妈妈肋骨下的疼痛、心底的伤害，我心如刀绞。不唯我小时候幼小的心灵受到严重的伤害，妈妈那撕心裂肺的哭声，也在所有家人的心中回响不已。

妈妈性子直接，性格倔强，心里刚硬，嘴不饶人，所以常常受爸爸的毒打，每次打得都是你死我活。我印象中，早上打架，中午抬到镇上医院看病，晚上再抬着回来。又或者，跟爸爸吵完架憋着气，中午饭也不吃就到地里干活，甚至晚饭也不吃，妈妈这一天一夜下来会受多大的苦呀！

妈妈是很要面子的人，尽管同爸爸吵闹打架，她身上的伤痕，从不跟邻居和身边人说，就连外婆和大舅来了她也不告诉他们，她就是不吐露自己内心的凄苦和疼痛，为了维护自己的家庭。前一夜以眼泪当饮食，一宿哭泣，早晨便已忘乎！每次打过架之后，第二天好像什么事情都没有发生，该干什么，就又干什么去了。我想妈妈不但身上受到重伤，内心也有着剧烈的疼痛，常人是难以忍受的。她的心岩石般坚硬，没有人能击碎它。她是吃得愁苦的饭，喝得眼泪的杯。每当回想起被打得遍体鳞伤、躺在家里奄奄一息的慈母，我都经不住掉泪！我心里甚是忧伤，几乎要死。晚上床榻漂起，骨头枯干，半夜醒来，看到妈妈苍白的脸庞。一个人失去了自己的妈妈，就仿佛失去的是自己。我们人生活在罪孽中，常常忘记了自己是一个人在活着。

妈妈心里的疼痛，是世界最深的伤口。

妈妈风干的眼泪，是世上最伟大的诗歌。

爸爸那样对待妈妈，也并非他天性是那样残酷，那样的霸道，实在是因为他的性格刚烈，脾气暴躁。爸爸没有知识文化，不懂得女人也要跟自己一样受尊重，脑子里还是有封建思想作祟。妈妈为着这个家，为着我和大哥，她甘愿忍受一切的苦，在我脑海里，妈妈从来就不怕受苦。因此我理解她在世上的眼泪，她所经历的痛苦，她所忍受的苦难。其实我们也懂得，妈妈是为了呵护这个家啊！当然，我家也开始败落，再也没有过去的辉煌。过去我们家在村上还算数一数二，日子过得总算比别人家好，在我看来，这也是我妈妈的持家、勤劳、节俭所打下的基础吧。

每次爸妈吵架，动刀动棍，刀光剑影，哭

声震天，真是不堪入目，又触目惊心，令我心里战战兢兢，那场面只有在蒙太奇电影中能够看到，没想到就出现在我的眼前。爸爸在发怒的时候没有以怜悯为念，这是因了他骨子里咆哮的江河——出于魔鬼的迷惑，他把自己的烈怒都倾倒在妈妈的身上，以极端、暴力的方式对妈妈发泄不满，其实反而是在一切的事上败坏自己。只可怜那个年代天下有多少像妈妈一样的女人受苦受难，最后走上绝望的道路。

每次打过架之后，尽管身上布满伤痕，内心满受委屈，妈妈不管是在白天还是黑夜，不管是在幽暗还是光明，不管是在过去还是未来，她都向着前面进发，她都昂首迎接风暴到来，即使含着泪。这让我想起《圣经》马太福音中先知以赛亚的话：压伤的芦苇，他不折断；

将残的灯火，他不吹灭。妈妈是一个挺起腰杆往前走的人！

四十年来，妈妈那凄厉的哭声，悄然在梦中将我唤醒，泪水打湿我的枕头。妈妈的眼泪是跟那一代妇女的眼泪连在一起的，多少像她这样不幸的女性，大都没有社会地位，没有得到应有的尊重，她们没有为自己爱过一分钟，她们没有为自己活过一分钟。男人虐待老婆、老婆上吊、投河、喝农药这类家庭暴力事件，她们所遭受的苦难、奴役、凌辱，任被自己的男人像动物一样对待，真是时常发生。

人类啊，人类的本性也是如此的残酷，她们那段深重苦难、心灵交迫的灾难历史更是值得被记住。她们把世界的苦难装在自己的心里，担在自己的肩上。她们身心受到极大的摧残，但她们甘愿为了一个家，默默地忍受着，在艰难中跋涉。

我亲眼看到和我妈妈同年代的妇女们，她们非常善良和朴实，即便遭到自己丈夫的打骂和凌辱，无论身体还是精神受到重创，也不让别人看到她们遍体的伤痕和一颗委屈的心。这反而体现了我们妈妈的伟大、纯朴、刚毅、善良，勇敢地承受苦难，默默地长时间忍受那份痛苦，这是我们心灵国土上的一棵棵大树，风雨不摧。

我的少年和青年时代几乎是在妈妈激烈哭泣的暴风中走过来的，一声声哭泣令我泪流满腮，颤栗无语。妈妈是悲剧，她的一生充满悲剧色彩，忧患重重，但宁折不弯，又给我那个年代留下了忧郁不快的阴影。

常常在半夜里，我被妈妈的哭声惊醒，在梦中听见打架过后妈妈的哀哭声，好像垂死者在声嘶力竭地喊叫。我在黑暗中大声喊叫着妈妈，妈妈，就想扑过去拉她一把！等我从梦中醒来，我的喊叫妈妈的声音仍在黑暗里回荡……恒久回荡，我的躯体颤抖不已！

17

我妈妈死于 1985 年 10 月 26 日，那年她才四十四岁，我才二十二岁。

那天我正好从乡里下班回家，爸妈吃晚饭时为了一件小事在吵，我听了真有点不快。因为爸妈经常吵嘴，妈妈好几次半夜里跑到乡里来找我，说是要出去做工，但都被我劝说了下来。我见两人吵得没完没了，便说了他们两句，过后觉得我说的话错了，自己做错了一件事。那些话我恐怕说得太重了，不该说那些伤害他们的话，不免有点懊悔，心里很是难过。

吃过晚饭，我来到大伯家休息。那个时候大哥刚分完家，家里总共三间屋，我跟爸妈这住了一间，甚至一直住到我到县城工作。大伯家对我也很是关心和照顾，伯娘每天早上煮两个草鸡蛋给我吃，让我永远忘不了她把我当儿子一样看待的那段恩情。我大伯是一个勤劳善良、和蔼友善的人，他爱家庭，爱孩子，因为辛苦过度，生了大病，也因为家里面没有钱看不起病，他五十多岁就死了，我对他的印象比对我父亲好。

我躺下，不一会儿便睡着了。忽然，隐隐约约听到窗外有人叫我，朦胧中听出是我大哥急促沙哑的声音。他说，妈妈喝了敌敌畏农药！开始我还有点不信，赶忙穿衣起床，等见到我妈妈的时候，她已经口吐白沫了。抢救，大哥和大伯家儿子用自家晒东西的竹匾把妈妈抬到乡里的医院。医生没有及时对我妈妈救治，排出肠中的农药和食物，只是用吸管把我妈妈喝下去的毒药试抽出来。那天我正好从乡里带回来苹果，妈妈喝农药后又吃下了一只苹果，堵塞了她的肠道，延误了治疗；如果及时采取开刀手术，清除体内的杂物，清洗肠胃，妈妈可能保住性命。他们明知道我妈妈有生命的危险，却没有当高危病人拯救，结果我妈妈在天亮之前就死了。

我觉得，妈妈的死医院是要负主要责任的，他们夜间几个值班的医生在一起聚众赌博，房间里一边是烟气熏天的热闹场面，一边是奄奄一息可怜的妈妈。我眼睁睁地，看着妈妈的消失，对一切无能为力。死亡的恐惧侵扰着我。

妈妈去世的那个晚上，我家里的婆猪生下的两只小仔猪也都给冻死了。漫天的雪花从天而降，大雪让村庄披上了银装素裹，大地是一片雪原之乡。我听村上老人们讲，这个季节本不该下雪的，所以人人都很纳罕，这真是“天地同悲”。

我清楚地记得那个晚上的场面。妈妈平躺在病床上，全身变得像石头一般僵硬，脸上如白纸一样苍白。我望着她，双手紧握着她冷得如一杯冰水、粗糙的双手，上面吊满了盐水的针头。屋子里空荡荡的，安静得能听得见盐水从皮管里滴答的响声，布满了死亡的恐惧阴霾。我穿的本身就单薄，听到妈妈自杀的讯息，也没来得及增加衣裤。我深深地自责，绝望，整个身子冷得就跟浸泡在水里一样，一句话也说不出来，生怕妈妈瞬息从我身边消失，死死地握住她的手。我觉得自己好像就是一名凶手，又像是痛失一根无名指，有毛骨悚然的害怕。

我在妈妈床边伺候了一夜，她一句话也没有跟我说，痛苦地躺在病床上，眼睛时开时闭，脸上有着灰白的死亡的微光。死亡的忧苦，将我妈妈包围着，妈妈好像在跟我做最后的诀别。我从妈妈槁木死灰的脸上，看出她此时病得是多么的重，又是多么的痛苦。从她喝下毒药到抬进医院，她没有跟我说一句话，也没有跟任何人说一句话，或许她要说的话都说完了。我坐在妈妈的床边，抓着妈妈的粗糙的贴满了橡皮的手，我多么想告诉妈妈，我是多么地爱她，我是多么想求她的原谅和宽恕，原谅我这么不懂事，原谅我对她深受苦难的麻木，原谅我对她言语的伤害，那将是永久的伤害……那时候我多么害怕失去她，我看见她苍白的如死人一般的脸，我又是悲伤、自责，又是害怕、崩溃。我是一个多么不孝的人吗，妈妈，一个可怜的人……

到了深夜，我不敢去睡，死死地守着妈妈的床边，那时她已奄奄一息，一句话也说不出来，面色苍白如纸，嘴唇张着一动不动，就像跟死了一样，令我恐怖。我坐在一旁，欲哭无泪，心里却在流泪，我生怕失去她，妈妈！到妈妈断气的那一刻，似乎身上的脐带真的是切断了。我独自不声不响兀立在医院的门前，定睛凝望着外面飞舞的冷无声息的鹅毛大雪，不知道怎么了，我有种目瞪口呆、僵若木鸡的样子，眼里流不出一滴泪来，我整个的身子给悲痛所凝结，好像化为了一块顽石。我盼着妈妈能醒过来，跨越死门的门槛，可这一切都化为了泡影，好像自己做了一场噩梦。爸爸也是悲痛欲绝，站在心爱的妈妈已经冷却的尸体前，像女人一样嚎啕大哭，呼天抢地，不住地用手擦着脸上的眼泪，他脸上的悲哀就像透明的纸一样清晰可见。大哥见了我爸爸哭泣，忍不住又淌泪了。我第一次认识了爸爸的感情，也是第一次看见爸爸如此表达自己的感情，淋漓尽致。在我同爸爸相处的二十多年间，他始终是一个脾气暴躁、性格倔强的男人，即使是在最困难的时刻，爸爸都没有流过一滴眼泪，真正是个威武不屈的男子汉。唯夫妻的感情是最让人依恋的，一旦真正失去，人就像得了一场大病孤单痛苦。眼前发生的这种悲痛任何人是无法承受的。

我不能原谅自己，我知道伤害了妈妈。妈妈自杀前还踩好了一缸咸盐菜，这在农村本身是一件很平常的事情，但在我妈妈身上可不是那么简单。我妈妈脚上手上裂开了无数道口子，黄豆都能塞得进去，想想一缸咸菜都是妈妈光着脚踩出来的，那一层寒盐一层菜需要花上好几个小时，她裂开的口子里塞的都是盐哪！妈妈每干这件事，好像自己死过一次，脚上像扎了几千根大头针，甚至万箭穿心。

正好爸爸吃饭前又跟妈妈争吵了几句，接着又跑出去赌钱，还有我说话的语气太重，伤害了我妈妈可怜的心，那时候妈妈是多么需要安慰，妈妈是在黑暗里跟痛苦的自己搏斗啊……我能感受到妈妈又是多么受委屈啊，她在孤单绝望下走上了自杀的死路。我平常看到妈妈不管经受多少的苦难，她也忍受得住，可这次是我说话重了一点，像尖刀刺伤了妈妈的心，我不能原谅自己，我才是杀死妈妈的罪魁祸首，我一直抱有沉重的负罪感。妈妈死后快四十年间，我难道不就是一个在逃亡的流窜罪犯，什么时候才能结束逃亡的命运，我不断责问自己，每天都有一种负罪感。每到中秋节，第一个想到的就是我可怜的妈妈，看到天上的月亮，好像就是我的流泪时刻，我想妈妈这时候在九泉之下正在看到自己的儿子在想他，在流泪，一个人在哭泣。

我想妈妈自杀的原因，除了她受尽爸爸的毒打，受到屈辱所致，最主要的还是妈妈不满爸爸的肆意醉酒、赌博成瘾。作为一个有骨气的女人，她觉得有失自己的体面，抬不起头走路，活着等于白活，更看不到出路。妈妈在自杀前的一刹那，铁了心是要死一次的，不仅仅是为个人死，也是为世界死，她的心痛像是一把盐撒在伤口上，妈妈最终没有摆脱死亡的命运，失去了自己的生命。

妈妈的尸体是被村上人抬回家的。一下子屋子里挤得水泄不通，善良的村民们完全没有想到妈妈就这样走了，雪地里都是站立的人群。眼看着满屋满地的人涕泪滂沱，耳听着狂沸的呼抢号叫，我自己反而是流不出泪，觉得非常奇怪。我见村上别人家的人死了可怜，自己也有种同情的反应，会像小孩子似的泪如雨下。

我妈妈尸体到县城去火化的那天，雪还在不停飘落，我家租了一只乌篷船，天不亮就出发。家里面挑选了很亲的人为妈妈送行，从我家到镇上一段泥泞胶着的路十分难走，用了很长时间才来到轮船码头。船停靠在河边上，落满厚厚一层层积雪，风刀一般刮在人的脸上，冻得人直打哆嗦，船都难以开动，试了好多次才发动起来。船行在漫天飞舞的大雪中，有着仙女散花童话一般的神奇，河两岸白茫茫的芦苇让积雪压弯了腰，大雁在天空不停地发出呱呱的嘶鸣声。我们坐在船舱里，用棉被裹着身子，一会儿就成了雪团子。开船的一中一少，中年人是小的丈人，他在船头的风口上开航；小的在船尾撑篙，竿子刚从河里提上来就凝结了薄薄闪亮的一层冰，要是没有经验的人，手一滑便会跌到河里面去。

我上船的时候，有一件感伤的事触动了我。大姨娘告诉我，妈妈生我的时候，因为劳动过度，胎位不正，妈妈肚子痛得站在门口，她在家里不好生胎，我是横在妈妈肚子里面，不像人家头朝下脚朝上，后来只好到金坛医院开刀剖腹产生下我。我一听，抑制不住泪水，走出船舱，站在船头上放声大哭了起来。那种哭声把船头的风浪都给掀了起来，好像浪花变成了我的眼泪，这是我一生都未经历过的。

妈妈在一个冬天里生下了我，船冻在河里启动不来，当时乡村医院也没有办法，爸爸同村上一位叫刘庆的亲戚用驮篮抬着妈妈跑到县城医院。妈妈开过大刀后，身体虚弱，奶水不足，以大米捣碎熬成糊糕喂我。我跟妈妈相处二十多年，她一直没把这件事告诉过我。当年的妈妈含辛茹苦不顾自己生命危险生了我，现在我倒要送妈妈的尸体去火葬场火化，往事不堪回首，心如刀绞，我怎能不落泪呢？想象妈妈剖腹产生下我时，在生产的艰难中疼痛呼叫；再想象妈妈把我抱在怀里的时候是什么样子，我心里又是多么难受！妈妈把我养大的那一份辛苦，熬过多少日子！我吮吸妈妈乳房时哇哇的哭声，我伏在妈妈背脊上一起嬉笑的神情，一一如在眼前。我的哭声在风雪中撕心裂肺，我大姨娘生怕我做出寻死的傻事，走出船舱来安慰我，直到我回到船舱里来。

火葬场坐落在小山坡上，墙上、屋顶的塑料瓦破烂不堪，黑得像墨，又像是山里的一座庙，只是多了点恐惧、悲哀和哭声。那条路像老人脱落的牙齿，路的两侧到处是飘忽的纸钱，缕缕的青烟，人到这里也就到了终点。早晨不到五点就有人来排队等候，这里的清晨如同乡村赶集一样热闹，每个人或许早晚都会来到这里，世上没有一个地方能将人如此汇聚到一起，这里才是人生死的情感交汇之处。

在妈妈前面火化的是一位老妪，她是由两位上了年纪的老汉从乡村抬来的，抬的工具是用两根木棍做成的担架。两位老汉衣衫褴褛，戴的鸭毡帽上布满了灰尘；老太身上覆盖着一件破烂的棉被，像是从灰堆里的垃圾中提出来的，人死连个枕头的地方都没有，风刮得棉被抖动起来。俩老汉都是七十多岁的人，我想象不出他们是怎么抬来的，在这样一个大雪纷飞的早晨，俩老汉双手拱在袖管里，站在雪地里冷得直打喷嚏，看上去也是可怜，老汉的棉衣连个纽扣也没有，只是用草绳系着，他们除了露出沧桑的脸来，其余都变成了雪人。老妪的担架上白茫茫的，火葬场哭喊声一片，风雪连天，唯有这里是从未干枯过的涕泪之谷。人来这里，一切都得看破了红尘，忙忙碌碌在世间走一场，带回去的也就是几把灰。我们活着要珍视自己的美好。老妪死得甚苦，无人哀哭；让人看过一遍，就不敢再看了。

轮到我妈妈火化的时候，娘家人闹起了一场不小的风波。他们说，我妈妈是爸爸打死的，因为村上会计开错了证明，在死亡报告单上写成凶死，这势必引起娘家人的非议，非要叫法医来验妈妈的尸体。亏得来验尸的人中正好有一位是我过去在乡里工作的同事，他已从乡里派出所调到县城工作，他做了娘家人工作后，这场风波才平息。后来在火化回来的路上，姨夫们把被子在泥泞中拖，还是想弄点事出来，他们仍怀疑我妈妈是被打死的，想借此发泄心中的愤怒和不满。我的大舅更是舍不得我苦命的妈妈，他跟我妈最有感情，我妈对他也最好。听到我妈的死讯，他走到二道闸时，气得在路上滚，像个烂泥猴子，不停地哭喊着我妈的名字。

烧尸的中年人头上戴着一顶黑布小帽，他

用铁板车把妈妈卸载到焚化炉口推了进去，我们被拦在铁栏杆外。我目瞪口呆地望着那红红的火苗，内心却被冻僵了，灵魂也被碾得粉碎。到我妈妈被推进火炉的那一刻，我像从烈火中走来，似乎那推进去的不是我的妈妈，而是我本人。我站在雪中，看着火葬场高高矗立的烟筒上冒着螺旋线一样的白烟，尸体烧到后来，烟就变黑了，烟好似一条条船儿把妈妈接送到不可知的世界里去。我跟烧尸中年人谈话，他告诉我一组数字：现在烧一具尸体，小孩和老人少说需要五至十分钟，肥胖的尸体需要半小时；这里一年要烧四千人左右，少的每天也都有一两个，没有一天不烧尸体的。

我愿死于火焰，我愿烧成灰烬。

我愿卑贱如土，我愿轻薄如埃。

河的两岸不见人影，村落、道路、农田被严严的积雪覆盖，像是给它们备上过冬的棉衣，头顶飞过的乌鸦不停地发出呱呀、呱呀的啼鸣声，声声悠长，空切浩渺——这场景好像一幅空山无语、雪乡归人的图画。

我捧着妈妈的骨灰盒坐乌篷船回家。为我妈妈送行的人非常多，不是一堆，是一大片，整个村子甚至邻村的人也来了，到处是涕泗滂沱的哭声。谁也没有想到会有这么多人来送行，我觉得自己的妈妈与众不同，是因妈妈一生满有良善、勤劳和勇敢，她的离去，深得人们的同情。连村上的小孩也走入队伍中，一条条狗也在队伍后面奔跑着嚎叫，它们以这种特有的本能跟我妈妈告别。动物富于人性的一面有时超越人性，狗比人更讲义气，人活得有时都不如一条狗，甚至比狗都凶险。

妈妈下葬的当天，路上还发生了一件事，叫来的八个抬棺材的人没有绑好棺材，半路上突然绳杠滑倒下来，妈妈的棺材一下子掉落在地。那时候抬棺材有一个说法：一路要休三次，哪怕一点儿远也要蹲三下子，每次蹲时用小杠抬起来，唯落地了有点不吉利，棺木不得放在地上，否则死者的灵魂就会被留在那儿，永远不能超生。后来，抬棺材的人赶紧到村上买来鞭炮放了一下。他们并且抬来一只大缸，挖了一个半人深的坟坑，将大缸埋了下去，妈妈的骨灰盒自然就放进里面。那天下葬的时候突然出了大大的太阳，老天有眼想送妈妈一程。

我在妈妈的坟前，呆若木鸡，说不出一句话来。眼看着一块块泥土填坟，仰头望着天空飞舞的白云，以及我眼前的这一片黄土，而我的妈妈竟成为了一堆白骨，将要长眠于此，此路云水茫茫，斜阳残照，想同我苦命的妈妈说一句话也是不可能了。我觉得那里埋葬的不仅是我妈妈的生命，也是我生命的全部，我整个地就随妈妈一块儿去了。

此时我悲欣交集，想到人世间的聚变，都是脉搏相连，何况跟世上最亲的人告别，我陷入了绝望，我为此而悲痛。

妈妈啊！你的心是多么狠、多么硬啊！石头也会有开花的时候，你是怎么舍得抛下我们，愚蠢到坠入死亡的深渊，这明明是一条死路，你却偏偏没有回头。

自从你走后，我脸上刻下了悲伤。

自从你走后，我在你的身上死亡。

我这一生注定永远与妈妈的悲伤相随，这无尽的悲伤，穿过山谷，穿过云雾，像荒原的狂沙不时地吹打我、蜷起我、淹没我，长久地、无声地、像子弹般地击中我的心脏，给我悲伤，和悲伤的闪电……

18

我妈妈的送葬队伍里，有一位中年妇女，她边走边哭喊着我妈妈的名字，在场的人都注视着她。她家在隔壁的一个村子，离我家有三四公里的路程。她告诉我一件惊人的事情——妈妈在医院剖腹产生下我时，她身上开刀缝的线都没有来得及拆，伤口还没有根本痊愈，妈妈犟着要提前出院。我家里实在付不出钱来，妈妈又很巴家，她放不下家里的活，正好又是农忙季节。我爸爸在县城临时想到找人抬我和妈妈出院，他焦急得如热锅上的蚂蚁，跑到南门轮船码头找老乡帮忙。一筹莫展时，正巧遇上村上这位妇女，爸爸向她简单说明情况后，她二话没说，拔腿紧随爸爸来到住院病房。那时每天由县城返乡的轮船只有一趟，赶不上就要耽搁一天，两人把我和妈妈放在驮篮里，抬着送上回乡的轮船。

那个年代挥之不去的经济困难，始终萦绕着妈妈心怀，在生命如缕之际，她深知，医院居，大不易，虽然伤口未复，还是咬着牙准备早点出院。本来要一个月才可出院，妈妈却在医院待了一个星期，妈妈这种带着伤口未愈出院的行径，也是一代妇女养育孩子的伤痛之处。我和妈妈生活了二十多年，我是她身上的肢体，就是她的骨、她的肉，而妈妈从没有跟我提起过这段经历。妈妈是多么的坚强。

二十五年之后，我从省城回老家打听到这位老人的下落，那年她已是六十六岁年龄的老人。她名字叫施正兰，经年的辛苦劳累头发花白。原先我辍学就分配到茶场工作，每天都从她家门口路过。她育有三儿一女，大儿子刘忠强和女儿刘水娣都是我的初中同学，他们已长大成人，十分地孝顺父母，每逢节日都从城里回家看望老两口。他们每天从事着耕地、养猪、种田的劳动，生活极其平淡简朴。那天是端午节，我去看望老两口时，正好儿子、媳妇、女儿和女婿都回来团聚，见到我来看他们，乐得合不拢嘴。施阿姨说话还是当年那样声大如斗，走路脚步如飞；大伯还是老实巴交，谈笑着，他不过腰佝偻得厉害，我从前没有见过他这种模样。老两口这一生养活这么多孩子，背负了多少的生活煎熬。儿女们每次回来都劝他们放弃在老家的劳动，去城里享享清福，他们死活不同意儿女的建议。他们习惯了这种日出而作、日落而息的田园牧歌式的农耕生活，跟脚下的那片土地结成了永恒的联盟。那片土地才真正是祖祖辈辈生于斯死于斯的故乡，蕴藏着他们那一辈人命运里生生不息的灵魂。

中午饭时，施阿姨的大儿子告诉我，今天他妈妈知道我要来，高兴得早晨五点就起床，不小心煎肉圆时将手伸进油锅里，顿时手上起了一个个油泡，那双手亏得生了老茧，没有大的烫伤，否则后果难以想象。施阿姨上菜时，我眼睛死死地盯着她那只手，就像从油锅里刚拿出来，油光发亮，我顿时眼角生起泪来。她为我们做了二十多道菜，桌上堆得像山谷，里三层外三层，她不停地为我碗里夹菜倒酒。老人当着一桌子的人说，今天是她最开心的日子，小时候我和她女儿们是同学，今天四十岁时还是同学，老人笑得眉飞色舞。

“你妈妈是一个好人，你长得像妈妈，你的身材、脸型都像她……你妈妈真是苦啊，生你吃了不少苦，家里付不起钱，你妈妈想着早点出院，身上开刀缝的线还没拆，你妈妈为了省钱，硬是要求出院……我听到你妈妈死的消息，心里悲痛，想不到好好的一个人就这样走了……”施阿姨坐在门前的大榆树下，向我讲述这一段段的往事。

我走时送给了施阿姨一个红包，她说什么都不肯收下，说我在外面创业多么不容易，看到我和她儿子、女儿一起回来看他们老两口，心里就很高兴。走到村口时，她还要送我，又反复对我说，你妈妈真是一个好人啊！

我的妈妈为我遭受生产之苦，实为我存在她的心里，活出她的形状。

19

这是很远的事了。

我家有座小木屋，矮得连猫儿都爬得上去，泥打的墙，杂木的葵花杆子，稻草盖的屋顶，三两根木棍压在上面，专门用来防风，木棍上长了一个个波浪形花边的白木耳。到了深秋，那屋顶都盖上了一层薄薄的严霜，一轮朝霞反射到上面，铿亮得刺人的眼睛。

早晨炊烟的缭绕，堂爷的这座小屋就像一位从烟波的湖中走出的仙女。不要看这座小屋出神的美丽，一到冬天，狂风来袭，堂爷就会用粪桶挑水来浇在草上，屋里仅有的钉耙、锄头也都用上，盖在屋顶上，不然顶屋会给风掀掉。堂爷三年两头盖一次屋，草烂掉不盖会漏雨，实在想不出最好的法子，就用鱼网把草盖得连接起来，这是农村上的土方法。屋面让岁月冲刷成一条条沟纹，有着黄土高坡一样的秀丽，沟里还长出了一层绿苔，像是农家人癞子的头。

这座小木屋是我祖父母给我爸妈结婚的家当，那时候还小，我不知道爸妈是怎样在这座三十平米的小木屋生活过来的。我怀疑自己的生命就诞生在那里，可能有的人不会相信，但这确实是我生命的摇篮。

春天来了，成群的鸟儿飞到屋上去，掐了一根根的稻草联翩去筑巢，一只只深金色的蜜蜂钻到墙缝里自在欢语。冬天里，皑皑的大雪将小木屋裹得像是个雪人，屋檐边自然结成了挂满落地的冰条，像要出征的军人一样威武雄壮。

小木屋的主人是我的堂爷，当年我爸爸弟妹五个，队里分的粮食不够吃，祖父母不得已将我爸爸过继给堂爷做儿子。我家新盖了屋后，小木屋就让给堂爷住。堂爷屋里连只像样的东西都没有，只有两只泥罐子米斗，煤油灯是药瓶子做成的简易小油灯。家里像样的锅盖也买不起，铁锅当锅盖用。吃饭也没有桌子，每顿都是趴在灶头，一张长条凳也是向隔壁伯伯家借来的，腿都少了一条，每次坐上去都要小心。堂爷每次睡觉都睡在地下，夏天垫一张席子，到了冬天，就垫上厚厚的一层稻草。这可能是堂爷全部的家当。尽管如此，堂爷每天过得很开心，一无牵挂的人才生活得自在。

堂爷节俭在村上出了名，人们称他很会做人家，一日三顿吃山芋，一碗酱油汤打发肚子。堂爷的灶头是锅炝子搭成的，屋里给烟熏得伸手不见五指，走进去就像是个黑洞。过年了，买上一两斤肉，腌了之后晒干吊在梁上，还用带刺的钉子树枝裹着，生怕有老鼠啃。他屋里的老鼠特别的多，大的如猫，小的如指，有时好像在开演唱会，吼起来就像大象的声音。晚上睡觉有老鼠从我和堂爷身上爬上爬下，手伸出被子都能捉住老鼠，尽管这么多，堂爷还是睡得像死了一样，呼噜声当中传递出堂爷一天的劳碌。

那个年月要吃肉都是看好日子的，对于农

民来说，钱是汗珠子滚出来的，即便肉上长了一层厚厚的霉，不到过节是舍不得吃的。即便如此，堂爷也是割下一两块放到饭锅上炝，其实堂爷一点儿也不呆。那时候穷，买一点火油、火柴都是计划，点完就没有了。逢年过节，妈妈都叫我祖父和堂爷来我家吃个团圆饭。到了端午节，妈妈还把自己包好煮好的粽子让我送给堂爷。

堂爷的头发乱得跟枯草一样，竖立在头上，下巴尖尖的骨头露出来，脸上皱纹纵横。他身上只一件单薄的棉衣，腰上、裤脚都用草绳系着，平常不下地干活就双手拱着插在袖口里站在木屋旁，看上去似坟堆上枯秃的杨树桩。他一年四季脚上也是穿一双草鞋，手上提一支长长的烟管，上面吊一个藏青色的布包，一双手赛过松树上开裂的皮。堂爷看上去让人觉得有点寒酸，他也是既活泼可爱又知礼的一个人。碰到年龄与他相当的，他总是笑眯眯的，“嘿嘿嘿……”点头招呼，见到年龄比他小的尤其是小孩，他伸舌头、歪嘴唇、挤眼睛把人逗得捂着肚子笑。堂爷一辈子单身，却从没有听说他跟哪家女人有不正当的绯闻。每到年底分红，他总是有钱拿回来，也从没听说欠过谁家一分钱。

堂爷时常将钱藏在泥墙有缝隙的地方，这里却不安全，有老鼠将钱咬走了，堂爷当成是我偷了他的钱。他从不打骂我，也不跑到我妈妈那里告我的状，顶多朝我发一下脾气，过了还是会像往常一样朝我挤眼笑笑。

堂爷的右腿细得就像鹭鸶的脚，耕田时是让土里的毒蛇咬伤的。堂爷一身有牛气土味，他与牛、土地打了一辈子的交道，他做的梦是牛和土地，白天看到的也是牛和土地。在他眼里，牛和土地是兄弟手足。我有段时间跟堂爷睡在离家一公里的牛棚里，孤零零的一幢房子，前后左右给坟墓包围着，晚上睡觉毛骨悚然。那个年代都称有鬼，晚上牛哼起来，堂爷就知道它想做什么，总是在半夜里爬起来，生怕牛生了病，堂爷跟它说说话就像有了伴一样。

我最喜欢蹲在田埂上看堂爷耕田的场景。他头上戴着一顶破旧的芦席帽，腰上系着一根长长的旱烟管，脚上穿着一双散了架破旧的草鞋，背脊上串串汗珠，锋刃的犁铧耕出的一片土地，在晚霞的余晖下如大地一样壮阔，一粒粒土就像稻谷一样金黄。此刻，堂爷耕田的身影也都闪烁着晶亮的光芒。这时，堂爷随门哼起“哎咳……哟……哟……哎咳……

哎咳咳咳哟……”的酸曲儿，是永远让人体悟不尽的。歌声嘹亮，声满天地。那时候感觉到堂爷是个追梦的少年。

堂爷一生最疼爱我，我是他从小带大的，他总把我扛在肩膀上，我的两腿只觉得有点疼，堂爷的肩膀真是骨头搭的架子。堂爷在世时，一直是我跟他做伴。那时候我有尿床的坏习惯，常常遭到妈妈的打，梦中的我明明是站在粪桶边撒尿，醒过来却见床上湿湿的，我总是受到堂爷的保护。后来的我很理解妈妈，她每天的农活都忙不过来，哪来的时间为我洗衣褥和床单。堂爷床上用稻草做垫子，席子也是稻草的，破了就用麻袋缝起来。堂爷光着身子睡了一辈子，一件破棉絮不是吊一片，就是挂一块，盖在身上热乎得一点也不觉得冷，身上搽了一道道血痕。晚上我跟堂爷在被子里做着很不规矩的小动作，常人是怎么也体会不到的。那时候生产队吃伙饭，堂爷每次都把肉省下来带回来给我吃，他把钱用布条包好了藏在墙头缝里，经常买些甘蔗、糖泡泡哄我玩。我做过一次偷窃贼，把堂爷米斗里的米用袜衣筒装好了拎到街上去卖，换回来一斤猪肉。堂爷做工回来见碗底捺在米上的记号不见了，挨了他一顿屁股。可以说，我今天的性格一半是受到堂爷的浸染，一半是我爸妈和我自己养成的。在我身上，堂爷的影子极其深。

堂爷是一个善良又纯洁的人，他叼着一根旱烟，烟袋汗渍发出浓浓的汗臭味。他见到小孩脸上总是挂着亲切的微笑，对任何人都一视同仁，露出的玉米一样的牙齿，格外讨人喜欢，他跟任何人都合得来。说真的，每个人都很喜欢他，他就像个大男孩，总是喜欢跟人没大没小的，就这样，他过完了自己的一生。堂爷是在大包干那一年死的，他生的是肺结核病，那时候没有钱看病，只好在家等死，堂爷不出几天便吐血死了，我家叫人帮他打了棺材处理好丧事。堂爷那一代人生活得辛酸可怜，让人眼睁睁地看着死去，有的都不声不响地走了。在那样贫困的年代，能活着就不容易，说得不好听命都是捡来的。堂爷去世的那年，村上有两个单身汉也因病魔相继失去了性命。

我的童年也许是明亮的。那是我最快乐的时光，没有忧愁、烦恼和痛苦，每天和堂爷开心着，比父子的感情还要深厚。我记得堂爷从田间干活回家，光着脚，身上都是一身臭汗，那时候的衣服从来没有好好洗过，也没能力买肥皂洗澡，都是去河边用水冲洗。在我还是个四五岁的孩童时，堂爷经常抱我坐在腿上，扛在肩上，他会跟我讲他小时候以及村子里发生的故事，我听了笑得捂着肚子。我小时候是在这些环境中长大的，我至今还闻到他身上汗臭的味道。

堂爷虽然一辈子近乎在寂寞中度过，每天吃的是粗茶淡饭，日子过得令人难以想象的困难，整个身体瘦成皮包骨头，看上去风都能够吹倒一样，长期承受肉体的煎熬，但他对生活充满希望，笑对人生。

堂爷是个好人，他有颗金子般的心，他的一生，就像小屋边那条常年缓缓流过的水溪，那么平静，那么清澈，那么纯真……映照着我苦涩的童年……映照出堂爷爽朗的笑声……

我的家乡再也不见我童年时那样的小木屋了，也不会有人去住了，我很怀念那段时光。小木屋不见了，我的堂爷不见了，可他那被灶口的火映红的脸蛋，那烤得香喷喷的小山芋，那暖烘烘的稻草铺，那温暖如春的小木屋，它不断引起我的温暖遐想和绵绵忆念。

小木屋，古老的小木屋，维系我生命并结下深厚感情的小木屋，就像生活本身一样真实、朴素，我极羡慕这种平淡自然的景地，就像屋顶上的青苔一样美丽。我这个有着牛气土味的人忘不了对它绵绵的恋情，原谅我吧。

小木屋，我儿时的故乡小站，那是我出生的地方，那是我最快乐的地方，我要回到那个地方，那个不知名的地方。我已回不了家，我已是没有家的人。

20

妈妈见学校邓松虎老师上门劝学，总是殷殷地勉励我不要放弃学业，说要给她争口气。她时常对我说，妈没有文化，不能让我跟她一样受苦；她还说，某某人家孩子读书多么有出息，上某某大学，在何处工作，这样的例子讲给我听。妈妈没有上过学，也不会讲什么大道理，那时候不懂事，不能体会妈妈的一片苦心和她内心的痛苦，今日回想起来，愧对妈妈养育的一片好心。

我辍学后，先在家做放牛、割草之类的活，后来我父亲因为熟悉茶场的许锁保场长，就将我介绍到茶场工作。那年我才十七岁，一个毛头小伙子，身高一米六八，瘦骨嶙峋，一只手都能把我拎起来。许锁保场长一手创办赤岗茶厂，当时茶田面积有几千亩，他的腰佝偻，头发花白，长相黑似煤炭，不认识他的人误以为是个讨饭的乞丐，骨瘦如柴，枯干如同槁木。他那一双硕大无比、饱经沧桑而又皱纹纵横交错的双手，刀刻着他八十年岁月的年轮，胜似钢铁一般正穿透银河的光亮。他穿着从不讲究，一年四季都是破裤子、破上衣，上面缝了密密麻麻的补丁，就像被老鼠虫子咬破了一样。更为引人注意的是，他的藏青色上衣总是那样的褴褛，上面只有一个纽扣；裤子也是褪色的帆布，白花花的，这可能是他驼背的原因，但在常人看来有点可笑，身上的衣服像从污灰里取出一样，邋遢得像是一个无家可归的流浪汉。

常年吃住在茶场里，以厂为家，他说话不多，喜欢吊一根香烟，慢悠悠的，他的一生就像是一缕轻烟，人们上下班遇到他时都会跟他打招呼，看得出人们对他的那份尊重。那时候我们下班晚了，吃饭没有菜了，他就同我们一起用大蒜头冲酱油汤下饭，生活真是非常艰苦，每天还要干那么重的活。我差不多在茶场工作了两年，不但要负责五六百人的记工，自己还要承担十二亩的茶田，茶田一年四季都要翻耕、除草、施肥、打杀虫剂。妈妈看到我身材瘦弱，刚刚出校门干这种苦力活，每季都帮我翻耕茶田。茶田长在山坡上，土硬，钉耙翻过去手都震得开裂，何况我妈妈的一双手本身就撕裂着口子，我亲眼看到妈妈手抓的钉耙杠上血迹斑斑，看见她手上裂开的血肉，妈妈硬是咬紧牙关，强忍疼痛，不屈不挠地拼命干活，她忘记了手上的疼痛，血顺着钉耙杠往下流，流进了妈妈脚下那片土地；那一刻，我多么想亲吻妈妈流血的伤口，我血管里流淌着妈妈的血液！

两年不到，乡里正好招聘一位通讯员，那时我勉强十九岁。我辍学之后，在家闲着没事，喜欢看一些报纸，正好我父亲是生产队长，会有一两份报纸，我每天会看上几遍。我就学写点新闻报道，村上邓松虎老师，他是一位语文老师，平常写点东西在外发表，在他的引导下，我们写了许多篇新闻稿，早晨起床都能听到广播里关于邓松虎、钱小华的报道，不时稿子还在《常州日报》上发表。我经常到邓松虎老师家去虚心请教，有时讨论到深更半夜，因此他家对我在生活上给予了许多的帮助。之后我写的新闻报道还获得了全国以及全省好新闻一等奖，南京大学新闻系的裴显生教授不经考试破格录取了我，后来我还是读了作家班，一心想实现当作家的梦想。

乡里正好有招聘通讯员的机会，许场长极力让我去考试，那时候乡里招一名干部都要经过严格考试。记得那次考场设在罗村中学，来了一百四十三个人，学历在高中以上，而我初中都没有毕业，当时来参加考试还是受老师的鼓励和许场长对我的信任。不知什么原因，结果阴差阳错这一名额把我录取，从此我的人生开始了新的转折。

许场长对我特别好，不但安排我做记工员，还极力推荐我考试做乡干部。我离开乡里到金坛市最大的工业企业（金坛市棉纺织厂）工作，做胡耀坤厂长的秘书。有一次许厂长来厂里看我，他到门卫处问我的办公地点。我那时在三楼厂长室工作，他每到一层人们都惊讶，这么一个满头白发，皮肤黝黑，并且穿一身破旧的褴褛衣服驼背老人，究竟是小钱什么人。当他走进我的办公室，我正好下到车间去调研。我有一个习惯，早上六点半到办公室，打完水扫完地，七点就到车间巡场。胡厂长见他这位不速之客，当时也没在意，也不知道是我什么人，就招呼他坐下。等我遇见门卫，告诉我有一位上了年纪的人来找我，我一下子就想到我的大舅，我来县城工作后，他特地来看过我。等我走进办公室，发现原来是许场长，依然穿着当年那一身藏青衣服，满头白发，多么简单朴素感人。自从我离开乡里工作就再也没有跟老场长见过面，这次见到心里百感交集，他跟我说已退休在家。我向胡厂长介绍，这是过去我在茶场工作时的老场长，我看到胡厂长眼睛顿时愣了一下，他没有想到我还有这么一位老场长。还没等我坐下，许场长就从手边的塑料袋里拿出一样东西，说是给我送茶叶来的，你想我心里有多么感动，这么大年纪的人，我离开他快五年了，他还记得我，跑到县城来为我送两斤茶叶，从乡下到县城乘车往返要五十二里路，我眼里噙着泪水，喉咙卡了一样说不出话来。中午请老许吃过午饭，我将他送到车站。这一别就是三十年。三十年河东，三十年河西，我从县城来到了省城，后来我去过老许家好几次，都是春节回家过年顺便看望他一下。老人家对我的照顾真是无微不至，连我的婚事也忙着打听，他将村上的一位女孩介绍给我，尽管这件事没有成功，但我心里记得这份眷眷之情。

我考上了乡干部，妈妈为我高兴，特地准备了薄酒招待邓松虎老师和许锁保场长。老许那天喝得尽兴，眼角积满了眼屎，家里面就像办喜事一样热闹。那时候喝酒都用碗，他说话很慢，说一句，停顿一下再说，喝酒不急不忙，他从不劝酒，酒席上喜欢吐真言。老许喝酒不在乎桌子上有什么菜，看跟什么人在一起喝，哪怕几粒花生米，他也照样半斤酒下肚。也许苦日子过惯了，生活就那么平常，那天大家都认为他高兴喝醉了，趴在桌子上，过一会儿他又坐起来跟大家喝茶聊天，最后还是一个人走着回去。

能考上乡干部与我辍学期间刻苦用功学习有一定关系，我白天干活，晚上挑灯看书读报直到深夜。有一次看书睡着了，不小心煤油灯烧着了蚊帐，我妈妈发现及时，避免了一场灾难。那时我看中了鲁南农民报，手上没有钱订报就问妈妈要，终于，妈妈还是给钱让我订了一份报纸。报纸对我的帮助很大，我从中学到不少写报道的技巧和方法。

许场长待人以诚，大家都很喜欢他。他较少回家，白天黑夜在场里守着，像是守着一座坟墓。他有空会往茶田里跑，像爱自己的孩子一样，他用自己的双手从荒芜的山丘地里开垦了一片片绿洲，起伏的山丘在他心里无言地静默，喻示着对这位开荒者的生命礼赞。老许跟我们同吃同住同劳动，流血流汗还流泪，做了一辈子的老黄牛，一心想到的就是奉献，不求索取，舍己献身。他当场长的时候，三个小孩的工作都没有，弄得女儿翻脸不认他，经常与他顶嘴吵架，他还是义无反顾、勇敢执着守护他的茶田，我们都称他是一头老黄牛，默默地付出，从不图回报。

我有一次去他家看望，老许正坐在门口板凳上磨刀，他已认不出我来了，直到我站在他面前，他才叫出小华来啦。老许说话的声音比一般人大，见到我来，把我请到屋里，还叫老伴泡茶。老许脸上手上经历多少的凄风苦雨，他只剩下一身皮，黑黝黝的，又油光闪亮。他家门口有六亩的茶园，从培植到修剪、从施肥到除草、从翻耕到采茶，老许都亲自动手。他已经老了，身上还是褪了色的那件藏青色布衣，上面痕迹斑斑，也还是锁着一个纽扣。几十年过去，他还是我心中的那个老许，还是我到茶场工作时的那个模样，还是那个佝偻着腰的老许，他的腰就像手里磨的镰刀一样弯曲。他对茶田太有感情了，直到退休也还在家门前种植茶园，直到他年老的时候，直到他死前……他死在自己的茶园地里。听他邻居说，老许是2010年夏天去世的，那天正在茶田里锄草，他患有严重的气管炎，因为劳累过度，心脏衰竭而死亡，他活了八十六岁，就这么静静地走了，一直到死时，他都坚持在茶田里劳动。

我时常想起他。与他那双硕大有力的手相比，我更喜欢他那张备受摧残的脸，总是煤炭一样发出黝黑的亮光，燃烧着我的心。

他没有留下什么，除了满山的茶园……时间在流逝，一直到现在，故乡的人还怀念着他，讲起他当年的故事。

人的区别就在于你有一颗怎样的心。我相信每个人的心里都向往有一颗慈善的心，而在这个世俗功利的时代往往我们都戴着一副伪善的面具。这位被埋在自己脚下土地的人，他曾用自己一双有力的手，以及一颗诚实的心，为别人作嫁衣裳，自己却窘迫得看上去是个穷鬼，像个乞丐。他比起我们每一个活着的人，他的人性、真实、勤劳和善良，更值得我们肃然起敬。

茶树花开了，漫山遍野，好美丽。回想他时，那就是我最美好的事！

21

我在南京上学那年回家过暑假，爸爸知道我爱吃炒螺丝和山芋粉，跑到街上特地买回来给我吃。夏天的梅雨季节特别的长，稻子割时烂在田里收不了场，记得生产队吃大锅饭，烧出来的饭都有一股霉馊味。我家里共有三间房，有两间分给了大哥结婚，还有一间是我同爸妈一起住的，就三十平方米不到，外面锅灶和一张饭桌，中间用泥巴隔了一道墙，里面一小间摆着一张床。那天雨下得很大，我们边吃饭边能看到雨从天上落下来。妈妈死后，爸爸变得像另一个人，整天无精打采，闷闷不乐，孤苦伶仃。喝酒赌博不但没有收敛，而且肆无忌惮，每天都跑一趟街喝酒赌博，屋里已是家徒四壁，一片凄凉。爸爸勉强靠两亩地维持生计，房子也已经残破不堪，从里往外能看见星星和月亮。那天，家里洗脸盆、炒菜锅、碗，只要是可用来防雨的工具，全部都派上了用场，仿佛在上演一场交响乐，雨水都将这些工具涨得满满，外面下小雨，家里下大雨，地面一片潮湿，不小心会有滑倒的危险。我晚上睡觉时不停地被雨声惊醒，发现自己身上盖着爸爸的一件灰色棉衣，床边也放置着防雨的工具，棉被给雨淋得能挤出水来。这时爸爸不见了身影，我起床走到堂前，爸爸一个人蹲在灶膛前，抱头痛哭，神情凝重，我看见爸爸满眼血丝，一夜没有合眼的样子，心里隐隐地疼痛。如果屋子再不修缮，房子就要坍塌了，也许等到了冬天，刺骨的寒风，家里的水缸都会给结上厚厚的冰。如果妈妈在世，看到今天这种悲惨景象，一定会气出病来，痛哭一场，妈妈走后这么短短几年，家境败落得如此之快，怎不令人伤心落泪。

重温那段旧梦里的爸爸，我多么想扑进他的怀里和泪相拥，抚慰他内心的苦痛，凄怆的灵魂。

三十年间，爸爸的那一件棉衣，他在灶前抱头痛哭的场景，时常划破我黑暗的天空。

三十年间，屋子里滴水穿石的水声，像是大地上的钟声，在我心底久久回响。

22

每到下雨天和不忙的时候，我妈妈都会缝补衣服和扎鞋底。她爱唱《梁山伯与祝英台》，村上有人说她唱得有板有眼，也有人说她唱得不够准，每当听到有人议论，妈妈只是笑笑。妈妈学唱戏剧还要从小丁瞎子说起。小丁晚上拄着拐杖到我家唱戏，他最拿手的就是《二泉映月》《梁山伯与祝英台》，妈妈后来能唱这些戏曲，受小丁的影响很大。那时爸爸是生产队长，家门口的场地很大，村上的人都乐意聚集到我家门口乘凉，正好有小丁来捧场，场面很热闹。小丁每次来我家，妈妈会招待他吃个便饭，时间久了，小丁也叫起我妈妈“小丫头”。妈妈从来没有受过教育，她能够从头唱到尾，也是一件不简单的事情。我那时才十岁，每天早上要一早起床，赤着脚去放牛和割猪草，妈妈都是四五点钟起床，烧好了早饭下地干活，等我们放牛回家，我就拿着妈妈锅里煮好的红薯，拿在手里热乎乎的，我身上叉着一只黄书包，一边吃红薯，一边往村上祠堂小学赶路。那时候家里穷，我的一件灰色小棉袄连一只纽扣也没有，腰带也是一根草绳替代。我上小学时都是开堂风，赤脚孩。开堂风，因为买不起纽扣，只得系草绳和布条；赤脚孩，因为买不起一双鞋，就穿妈妈编制的草鞋。我走在乡村的田埂上，早晨积满了一层严霜，不远处翻耕的田地里坐着衣服褴褛的小丁瞎子，我很好奇，他这么一大早蹲在这里干什么，仔细看过去，他怀里抱着一把破旧的二胡，地上垫着一块灰色斑驳积满油渍的衣服，多年没有洗过的痕迹，上面正晒着前一天他讨回来的米粒，金色的阳光照耀在上面，个个都竖起了耳朵，严霜一片耀眼，好像是一幅油画作品。小丁将这些米粒晒干了，要送回家去，他家离我们有十多里崎岖的小路，他的妈妈和姐姐都是瞎子，吃饭也完全靠小丁照料，他要养活家中几个亲人，常人是难以想象的。这是一件多么不容易的事，更何况他自己是一个瞎子。我常抓着他讨饭的拐杖一起捉迷藏，小丁头发稀少，脸圆圆的，腰上挎一只布袋，这是用来讨饭装东西的工具，遇到大人小孩与他讲话，都是一脸的微笑，好像一点也不为生活忧愁。有些他的同行，对他心怀嫉妒，因为小丁心地善良，别人给他施舍得多，觉得抢了他们的生意，故意抢他的竹杠，趁他走在路上没有人的时候，对他实施报复，不但抢了他要回来的东西，还对他进行人身伤害。小丁见他们人多，也只能骂他们几句，过后当着什么事也没发生。可能是他多年的风餐露宿、经历多次的起伏波折、遭遇无数的不幸、尝尽世间所有的沧桑，他的一颗心归于了平淡如常，归于了恒久的忍耐。我们村上的男女老少都成了他的朋友，白天他坐在别人家门口聊家常，到了中午和晚上时常有人留他到家里吃饭，晚上还一起同台唱戏，好像多年的老朋友一样亲切。

我到省城工作之后，有一次，我在山西路的天桥下面见到小丁。那天飘着蒙蒙细雨，如果我没记错的话，那天他弹的也是阿炳的《二泉映月》，围观的过路人很多，我正好办事从那边经过，看到围得水泄不通的人群，没有来得及扔一枚硬币给他。第二天再去找他，已经不见他踪影。后来我回故乡，听村上人告诉我，小丁听说我到省城工作，到大城市好赚钱，就听了他们的胡言乱语，坐着公交车来到了省城。我们相遇却不重逢，这是我一生中永久的愧疚。

有一次清明回家扫墓，我打听小丁的下落，我家前面一位姓邓的男人告诉我，小丁被水淹死了，因为家里穷得叮当响，实在揭不开锅，他夏天去大河里摸河蚌，不小心钻在水花生里闷死了。我妈妈的戏友，我小时候的知己，我村上人的好友，我只能在睡梦中与他相见了。五十年中，音容宛在，琴声如诉。

23

我的妈妈一生好胜心强，总是喜欢跟人家比，生怕人家抢了她的风头。那时三个姑妈和她们子女到我们家拜年，按辈分是第一天在大伯家吃饭，妈妈就安排我去大伯家察访做了多少道菜，倒不是妈妈小气，而是她太要强了，太要面子。每次大伯家做二十道菜，妈妈非要做二十二道菜，其实每桌菜吃下来都堆得里三层外三层，哪里吃得了。说白了就是太要面子，总是要让人觉得自己比别人强，这倒不是夸妈妈，不然我家里的条件也不可能在村上数一数二的。在五六十年代，我家里就有三间砖瓦房，在村上是打着灯笼都难找的，别人大多数住的是泥巴茅草房，还是葵花杆子做的屋顶，哪里有我家这种条件，多亏我妈妈的持家节俭。她待人宁负自己，不负别人，遇到困难宁可暗地里伤心落泪，也不在人面前告饶求情，她希望自己做的每件事都不失体面，不受批评，凡事用心仔细。妈妈心直口快，有什么说什么，做事跟做人一样，要么不做，要做就把它做好。

我同妈妈天没有亮就出去割草皮，然后挑回来做肥料。那时候家里缺柴烧，妈妈将田埂的草刮得光溜溜的，草皮拌牛粪做成一块块的大饼，甩在墙上晒干了当柴火烧，泥巴墙上的一块块牛饼，像行为艺术格外引人注目，阳光照在上面是有天地之大美的一道风景。牛饼烧出的米饭香飘万里。妈妈看见路边有一根稻草，她都要捡回来当柴火，可见我妈妈外面大方，内里节俭，也看出妈妈持家的本领和对生活的态度。

妈妈在我的眼里，是一个从不惧怕苦难，从不向困难低头的人。她总是忙里忙外，从早到晚辛苦劳动，瘦小的身躯里总是有使不完的劲。妈妈有苦都是一直朝心里吞，从来没有怨言，她精心操持家业，并一手挑起了家庭的重担，妈妈就是这样一个任劳任怨、勤劳勇敢、正直善良的刚强女性。

我每次回故乡，碰到我父母辈的大伯大娘们，都说我妈妈是心地非常好的人，从没跟邻居吵过架，死得太可怜了，受尽了人世间的“苦”——辛苦、劳苦、艰苦、痛苦。只有一个“苦”字，也许可以代表我妈妈一生的坎坷经历。他们说我妈妈额角突出，身体瘦弱，个子矮小，很是可怜的样子，说我长得像妈妈。其实我的性格有点像妈妈，遇事急躁，心直口快，但欲速则不达，急则生变，这是我要好好反省和检讨的地方。我伤害过很多人，可我没有丝毫的坏心待人，我批评人的态度是真诚的，希望他们有尊严地活着，做一个真正有价值的人，我一生受苦很多，也确实给别人制造了不少苦。妈妈在那个年代既要扶持我们上学，又要操持家务，打理田地，没有看见她闲过，她有干不完的活，使不完的劲，想不到我妈妈矮小的骨瘦如柴的身躯里深藏着这么大的一股力量。这力量来源于对土地的深情，来源于对我们执着的爱。

24

记得那年的大年三十，我回家过年，一个人在家里冷清。大哥已分了家，晚上，下了一场大雪，村落在雪原之中显得肃穆宁静，屋檐和榆树挂满着晶莹剔透的冻冻丁，一阵风吹过，发出驼铃一般的响声，辽阔浩渺。雪地里到处是村童们堆雪人、打雪球、玩冻丁的场景，笑声里洋溢着村童们的天真可爱。

小时候这种景象习以为常，在我心底刻着磨不灭的印记。

我独自朝着妈妈的坟墓走去，只要是回故乡，每次都去妈妈的坟上看看，为我孤苦伶仃的妈妈烧纸钱，拨去坟上长得密密麻麻像人一样高的蒿草。坟墓丛生杂草，在风中摇曳，眼前的情景让人感到惊愕。我妈妈移坟的那年，我扒开坟墓上的蒿草和黄土，心里紧张得呼吸都很困难，特别是看到妈妈的骨灰盒浸泡在大缸里满满的水中，眼前好像看到妈妈被淹在水中，真想扑上前去拉她一把。想不到妈妈在水中浸泡了整整二十多年，妈妈在世时没有受到应有的尊重，没有人证明妈妈的劳动价值，死了埋在这里也备受水牢的煎熬，妈妈一生过着牢狱般的苦役生活，我的内心是多么的沉重、绝望和自责。

妈妈在世的时候像个丑小鸭，我不想妈妈死了变得更丑，我希望中的妈妈是漂漂亮亮的，我想陪伴妈妈多待一会儿，她一个人在这冰天雪地里一定很孤单。她也希望我这个儿子来看她，虽然相隔地狱和人间，但我们彼此也能说上几句话。每次来到妈妈的坟前，我都请求她原谅我的罪过，有时感觉自己一双手就握在妈妈枯槁的手上。妈妈真是一个苦命的人，她没有一天不辛苦，她没有一天过上好日子，从日出之地到日落之处。

每到下雪的日子，我走到雪地去，用手抓着那一朵朵雪花，用呼吸感受妈妈的存在，我用力呼喊着妈妈："你在哪儿，你在哪儿，我好想你，你快回来吧。"我一生最想念的是妈妈。

我走向茫茫的雪原，晚霞给沉睡的雪乡镀

上了一层金色，那金色犹如少女的嘴唇一样热烈。在不远处的田野边，我看见有一朵红花在雪中盛开，亭亭玉立，像一位穿着红色纱衣的女人，美丽极了，我想它经历了一夜的暴风雪的肆虐，依然无比坚韧地挺立在那里。人有时还不如这花一朵呢！这朵红花顿时让我从悲哀中走出来，我心里充满了好大的喜悦，好像看到了自己的妈妈，她站立在我的面前，还是像一只丑小鸭一样可爱。这朵迎着风雪而开的冬日小花，是我妈妈一生的写照。

妈妈不就是这朵冬日小花吗！她是荆棘中的玫瑰花！

25

我大哥要办婚事的时候，正遇上梅雨季节，生产队的稻谷全烂在田里，抢救出来的稻谷烧成生产队吃的大锅饭都是一股霉馊味。家里实在拿不出大米来，为给大哥操办婚事，妈妈没有办法就到社头北埂自己妹妹家借粮。妈妈不到迫不得已，她是怎么也不会求人的。在我的记忆里，妈妈是吃苦不叫苦，轻易不求人。她是不能苦在人前，苦在心里。妈妈知道家里做这么一件大事，不要让亲戚们看不起，妈妈是想让大哥的宴席办得体面一点，她真是一个很要强的人，实在是想不出什么办法，才跋涉很远的路到妹妹家去借面粉。

去的时候还下着小雪，等走到路上，雪越下越大，田野和道路给漫天飞舞的雪花盖得无痕无迹，寒风刺骨，人都有被风吹倒之势。妈妈个子矮小，瘦弱的肩膀背上一袋面粉。我倚在门口看着外面纷飞的雪花，眼睛珠子睁得快蹦出来，路上的雪也是越积越厚，妈妈要是不小心摔倒在路上……我心里想。天渐渐黑了下来，妈妈怎么还不回来呀，我时不时走到村口，一眼望去，不见妈妈的踪影。等我再一次回到家里来，只见妈妈背着一袋五十斤重的沉甸甸的面粉，头上身上积满了雪，双手冻得难以伸直，像树枝一样硬邦邦的。

大哥婚事当天，妈妈笑得是多么开心啊！可怜妈妈是世上最苦的人啊！大哥生下来时有先天性的不足，左手伸不直，直到现在也是这样，每当做事就疼得厉害，伸直了就会疼痛。妈妈迷信，她带大哥跑到老人山一家跌打损伤的诊所看病。大哥在生产队小窑做小瓦，瓦桶做好了晒干，然后扑下来，一桶四块再拿去窑上烧。那时在生产队做工一天才六分工，大哥不服气，别的男人拿十分工，他觉得自己干的不比别人少，偏偏拿少了工。正好爸爸是生产队长，大哥为这事还跟爸爸顶了嘴，他就是不服气。爸爸将他换到生产队小窑上做瓦工，做成十万张瓦是基本工十分，大哥却做了十二万张瓦，还有两万小瓦的超产。瓦烧好了还要挑到街上去买卖，人家是一担一百五十张，大哥却是一担二百张，可见大哥把他的不服气也不服输的姿态拿出来显给人看，那时大哥才只有十七岁。

大哥后来下沈窑厂做了四年砖工，每个生产队有两个名额，因为年龄不够，大哥还瞒报了两岁。大哥在窑厂抱砖制瓦，膀子伸不直，自己硬是挺着。妈妈跑到窑厂去，说要带他到老人山诊所看病，他上班犟着不肯去，妈妈硬是说服了他，后来接连去过两趟也没有把手治好。妈妈又带他到竹篑桥去找所谓的江湖郎中治病，钱倒花了不少，妈妈也是没有办法，她也只能相信这种迷信的骗子办法，尽管一直没有治好。几十年下来，大哥一直扛下来了，可妈妈心疼大哥，小时候吃的苦伤心啊。妈妈为了这个家，也为了我们俩吃了千辛万苦。

26

我初中二年级就辍学了，妈妈是想让我上学的，尽管我坐在班上的第一排，眼睛还是看不清黑板上写的字，村上邓松虎老师上门来做我的工作，我坚持不再上学。妈妈看到我辍学，心里一直不快，她是在生我的气，看到我这个不争气的孩子，而别人家的孩子学习成绩优秀，唯独我辍学，村上有考上大学的，我连初中都不想上。现在想来，知道自己当初丢了妈妈的脸面，没有理解妈妈的一片用心良苦。我从她的妹妹们那里打听到，原来妈妈自己也从没有上过学。妈妈从来没有对任何人说，但我心里明白她是想通过让我好好读书，来弥补她一生的遗憾。她自己没有实现的梦，想通过我来实现，妈妈多么想我不要辍学。看到她那几天脸上积满了愁苦，一个人坐在家里一言不语，我和她也成了陌生人，吃饭时也不说一句话。等长大之后，我觉得这件事伤害了我妈妈的心。不过我也有让妈妈开心的时候，在我初小时，我代表学校到县城参加作文比赛，获得了第二名，我放学回家告诉妈妈的那一刻，妈妈眼泪都笑出来了，第二天还清蒸一只小乌鸡奖赏我。那时学校的黑板报都由我来写，老师是看中我的字写得好，也觉得我有点小才，有文学的天赋。

回想当年自己幼稚的行为，真的有点对不起妈妈的那一份好意。妈妈多么希望我的将来，是丛林中锋利的响箭，是马背上勇敢的骑手！

我这一生读的书太少，懂得做人做事的道理也少，时常对人讲话不留余地，得罪了身边许多的人。今天自己没有能够做成什么事，待人接物上也不足，回想起来都是自己文化的缺失和心胸狭隘，我有时过于自以为是，所以人生路上吃了不少苦头，也少了不少朋友，内心受了不少的委屈。我感觉今天在我身上所看到的那种暴躁的脾气，正是我自己未受过训练和不成体统的早年生活的反映。我一旦发起火来总是控制不住自己，像一匹脱缰的野马狂奔乱跳，过后我很后悔所做的一切，可以说，我虚度了自己的一生，也上演了许多荒唐的戏。如果妈妈还活着，看到我今天的这份光景，不但会大骂我一顿，还会气出病来。我常常觉得妈妈尽管是个乡巴佬，一个土包子的农村妇女，她目不识丁，没上过一天学，但她把希望寄托在我和大哥的身上，她那么起早摸黑辛苦劳作就是为了抚养我和大哥上学，多学点知识，长大了有出息，学有所成，将来有一天能荣宗耀祖，妈妈想得多么远呀！

27

我没有看见妈妈穿过什么新的衣服，每到春节，妈妈从衣柜里拿出一件绿色的确良上衣，穿也是那么十天八天，上面还有一股樟脑丸的气味，还有就是回娘家时穿一下，印象中就那么一件。家里的衣服都是妈妈缝缝补补，穿了又穿，实在不好穿了，妈妈又舍不得扔掉，东一块西一块叠起来做成鞋底的护骨，一块块的破布料叠着妈妈辛酸悲惨生活的历史。妈妈不忍心抛弃每一件衣服，现在城市里丢掉的衣服都比那时好。妈妈过世后，我在衣橱里发现码放整齐的一堆堆的旧衣服和捆扎得好好的旧布料，还有二十二双纳好的鞋底，这些东西在那个年代都是女性的宝贝，她们倾注的不仅是劳苦，还有那无数针线中的寂寞和忧愁，乃至心底里的伤痛。

午夜起来小便，看见妈妈穿着粗布棉衣，坐在厅堂的桌前做着针线活儿，也只有冬天的晚上，妈妈才有空做这种杂活。那昏黄的一盏棉油灯，在门缝吹进的冷风中摇曳，火苗小了她要用手拨一拨，灯不亮了她要调整灯芯，油烧尽了她要加油，妈妈稀疏的白发像发光的火苗，门不时发出咣铛咣当的叹息声。她正在修补我们衣服的破绽，使用针线非常熟练，像个有经验的裁缝，手中拉线的长针从她头上穿越，妈妈丈量手中线的长度，上下无数次地走动，她不觉得麻烦，更不觉得累，她补衣服的样子像我小时候做作业的形象，慈母手中的一针一线，让一家人的衣服常保常新。我没有打扰她，但是心底里留下了深刻的印象，现在每当回忆起那段情景，想起妈妈的那份辛劳和孤寂，我心里很是难过，再也没法体味到妈妈对生活的那种朴素的感情。

爸爸经常在外喝酒赌博，他把家抛之脑后，也造成妈妈不能过常人的生活。妈妈多么希望爸爸一起过平常人的生活，每天跟她坐在一起拉家常，她要重新开始新的生活。可找回自己的那一份爱情的梦想，都破灭了。

我妈妈在下雨天和不忙的时候，也喜欢跟村里的妇女一起抓小牌和花糊，她们用火柴做码子，最多两角输赢。她懂得一点点牌技，打赢了六分钱，输了一角钱就不来了，那时候一角钱能买十包盐。这是妈妈在寂寞中愉快的消遣时光。

28

我很小的时候，农村里每家有养猪的习惯，养猪在农村成为了主要副业，到了春节挨家挨户都杀一头猪过年。每一年妈妈都将猪养得很肥壮，到了年底妈妈舍不得杀，拿到镇上去卖了换钱，这是全家一年收入的重要来源。某一天晚上，猪屋突然发生冲天大火，整个屋子半边天都烧红了，如果不是及时发现，以及村上邻居赶来奋力扑火，可能我家住的主屋都烧没了。听见外面呼叫声一片，等我妈妈出来一看，熊熊大火不但将猪屋烧得剩下东一堆西一堆的灰烬残烟，而且几百斤重的两头猪烧得冒烟冒油，不时发出嗞嗞的响声，现场惨不忍睹，一片狼藉。妈妈见此，悲从中来，大哭不止，好像家里失去了亲人一样。除了跟爸爸打架吵嘴，如此的哭，我还没有见过。我看到妈妈在哭，再看着眼前烧死的两头猪，想想自己每天割草给它们吃，心里好像被撕裂一般的难受。要知道，这两头猪对农民来说，可是宝啊！妈妈怎能不悲伤落泪啊！

那年头村子里有人看不惯生活比他们过得好的人家，心生嫉妒，或许也有人跟我家有矛盾，因为爸爸是生产队队长，得罪了人才引起别人纵火，一年的收成瞬间化为了泡影。

我理解妈妈当时失控的心情，她起早摸黑养大这两头猪，每天看着它们一天天长大，就像自己的孩子一样，倾注了她多少的劳苦。从割草、饲料、烧猪食到涮洗身子，猪患病了还找赤脚医生上门医治，每一件事都离不开妈妈的照料，有时猪患病重了，妈妈一夜几次起床看护。失去了这两头猪，对于妈妈和我家都是一场大灾难，之后，妈妈只能把两头猪埋葬在深情之地里。

29

妈妈对我从小管教甚严。很小的时候我爱打钱豆子，就是扔瓦片的游戏，孩子们的游戏，这既是游戏，也是一种不小的战争。我们村上的小孩是在放学后在野外开战的，都为村上的小孩和别的村的小孩对弈输赢，喜欢好斗，还有点不怕死的精神在里面。如果砖块和瓦片飞到人的头上，那会脑袋开花，头破血流，所以双方打仗的时候都十分小心，有时为了躲避危险，就将自己篮子套在头上作掩护，免得遭来横祸。双方阵营都很较劲，每次会有十到八个人，双方都找有田埂或沟渠的地方作为防护阵地，害怕丢掉脑袋，来时各自准备好砖块和瓦片，大家都是先拿一片，扔向对方，头低下去，然后探出头来赶紧拣对方扔过来的瓦片，再投向对方。瓦片飞过来的瞬间，就像飞机从头顶飞过一样，现场也是杀气腾腾，刀光剑影，大家都不服输，要赢个高低，最后听不到响声，也就说明各自的子弹用光了。打到最后，输赢并不重要，大家玩的是开心快乐，有时瓦片飞起来像枪林弹雨一样，密集得很，偶尔也会擦枪走火，砸伤人的。我们双方的好斗也有善良的一面，见哪位伤了，双方的人都来帮忙安慰，完了大家各自去割草回家。那是一个快乐的童年，永存在我的心底。

我为了蒙混过关，还在篮子里放上砖头，我用树枝把篮子里的草撑起来，一来表明猪草割得好多，二来证明篮子里的重量。妈妈是个十分精明的人，她早就有所察觉，看到这么晚了我还没有回家，一定是在外面玩耍。她提前在猪圈门口守着，等我一回来就检查我的篮子，看到篮子里的树枝和砖头，妈妈拿起事先准备好的竹子，把我鞭打至皮开肉绽，并且惩罚我不得吃晚饭，至今我的腿上、屁股上都有鞭子抽打过的印证。妈妈打人常常下手很重，棍子打下来躲闪不开，我痛哭流涕，在一旁苦苦哀求下次不再做假，这以后，我再也不敢那样贪玩。妈妈这种严厉的管束，是对我做人做事的教育，我当努力改变不良的恶习，让妈妈不要再为我担心。等我渐渐长大以后，我明白，这纯然是出于妈妈的一片好意。

我有时在想，我活这么大年岁了，也说不出人生什么才是真正的快乐。或者说，我是否有过从前的那份童年的快乐，还有没有那种所谓一不怕苦、二不怕死的精神存在。

如果妈妈还活着，她一定还记得，我在她面前永远像个孩子啊！

30

我一个人漂泊在异乡，居无定所，身边连一点安慰都没有。每当到了中秋和春节，大街上的人们以及邻舍欢快地团聚在一起，自己的心里却在流泪，想起妈妈，不仅自己孤独，觉得此刻的妈妈在另一个世界里也孤单寂寞。没有一个人在我身边，也没有一个人能给我一点安慰。有时不要别的，就是有人能说上一句话，或一句同情的问候，我也就会有一点小小的满足，但一次次都落空了。我一个人倚立在窗前看着天空的月亮，长久说不出一句话来，或是坐到沙发里去，一个人在锥心欲泣，有时哭出声音，止不住自己的眼泪。我心里高兴不起来，眼前响亮的鞭炮声，玫瑰的焰火，都赶不走自己心底里的那一份悲哀。我一个人散步走在大马路上，自然发出呼叫我妈妈的声音，但没有人听见我的叫声。多么可怜的自己，多么可怜的妈妈，我一生的生命时光流逝了。难道这一生里幸福真的离我很遥远，我的内心告诉我，难道我今天生活着就不该有幸福？

老实说，我一直很担心自己，有时担心到让自己害怕，我怕生活会拖累我，到头来一事无成。我错过了生命的春天，茫茫黑暗，电闪雷鸣下，我就是暴风雨下的那棵树。我妈妈活着非常不幸，这我了解，但我更加不幸。我这辈子亏欠妈妈的太多，不，我亏欠妈妈一生。这一生影响我最大的就是自己的妈妈，我从来不想念自己的爸爸，妈妈一生对生活怀有真挚的爱。

妈妈把自己的一生倾注在了脚下那片贫瘠的土地；

我善良的妈妈，你就是那片土地。

凡是熟悉我的人都对我有怀疑，为什么一直不成个家，就这么一个人，生活难道不孤单？甚至我过去工作过的老领导，也从家乡给人带信劝我成个家，解决人生大事。还有我在省厅工作的老领导当着我的面问我，你身体是不是有问题，成家对于你来说并不是一件难事，应当去追求美好的幸福。每次去碧山，枧溪靠山邸的钱大哥当着朋友的面，说我开书店忘了自己的年龄，忘了自己是个男人，开书店这么专注，什么都可以放弃。又有谁能了解我，我小时候的这段经历，这段伤痛，心里担忧会伤害到别人，我不想给别人留一块伤疤，尽管有那么多人为我介绍女友。有一次在梦中妈妈问我，你已经五十多岁的人了，怎么还不想着成个家，妈妈的目光总是注视着我。

他们很担心我今后的生活，总是一个人这样下去不行，身边没有一个伙伴好好照顾自己，年轻时还可以，但到老了得有一个人陪着说说话，要是遇到合适的人还是赶紧找一个。我伯母也常跟我说，自己还是得存点钱，老了靠别人靠不住，要准备好养老，你一个人在外不容易啦！如果你死去的妈妈，看到你今天还是这么一个人孤孤单单……有时一想起伯母的话，泪就流出，我顿时好像变了一个人。不过，我也觉得永远这样下去是不行的，一个人的日子过久了好难熬，我从十八岁出来工作就一个人生活，好难受、好寂寞，一个人非常的寂寞。我一生过来有一个发现，我和书相处的时间越长，就对女人的依恋越来越远，也许太爱书了，我把自己嫁给了书，我只是一个书奴，我觉得自己有一天会死在书上，有时梦见自己在黑暗中搬书，不知不觉躺在书上睡着了。人无法选择自己的死期，随着时间的消逝，也随着时间变得黯淡，一切成空，就像做梦一样，人生不过是一场梦境，但我会在死前选择好好活过。

他们希望我有新的生活，像我的亲人一样

爱护我。我已经五十多岁，应该成家了，应该是要有个家了，天空的鸟儿不管怎么飞，最后总要回到鸟窝。如果妈妈还活着，不知道她会为我操多少的心，愁多少的白发。天底下哪有妈妈不为自己孩子的婚事着急的，何况我这么大年龄，在乡下不成家会被乡里人说闲话的。时间过得真快，爸爸、妈妈都走了，真像是一场梦啊，留下我独自一人，他们一定在天堂还想着我的婚姻大事。

我劳劳碌碌，苦待己身，自表谦卑，不享福乐，到底是为谁呢？我甚至问自己，这样下来我究竟还能走多久，我在书上消耗了我的生命，也同样消耗了我的肉体，从这一点看来我是有罪的。耶稣说：那人独居不好。我一个人孤独地生活也是可怕的。

我的一生都没有过正常人的生活，我渴望

过，我努力过，也在黑暗中哭泣过，在风雨中呼叫过，每一次都被生活的现实击得粉碎。当我活着时，总会梦见她；当我有一天死去时，总会感觉到她存在。死亡虽然解脱了妈妈世上的苦难，却留给我的是惩罚。我过了快四十年的地狱生活，我不知道我是谁，我总是不断地在流浪，我没有家。我生活在自己破碎的世界当中，就像小巷深处晾着的一件衣服，被风吹起，被雨打湿，从中我看到了自己，确实，我是一个普通人。

妈妈是这个世界上最重要的人，我这么多年丢失了许多东西，包括对家人的爱。我知道自己所从事这件工作的艰苦和风险，连累了自己家里最亲的人。大哥在书店的地下室里工作了二十年，像是坐了二十年的囚牢，我想起大哥就有负罪感，一念及这些，泪如雨下。

常常在夜间，我想大哥这二十年的生活真是苦不堪言，除了守护书店，他从没有出过远门，一年就回两次家，不是清明给爸妈上坟，就是过年走亲戚，他被囚禁在这里这么久，我有时都不敢去想这件事。我曾想让他回家休息，跟孙女在一起享受天伦之乐的时光，让他有正常人健康快乐的生活，打碎他身上所有的约束，大哥硬是不肯离开书店。他身上有一种犟脾气，不仅连我，就是他自己的儿子也都说服不了他，我跟他为回家的事吵得面红耳赤，他怕回去会更孤单。我是担心他的身体，一个人晚上待在四千平米的地下室，长年见不到阳光，时间久了对身体不好。我看到他最近几年越来越苍老，像变了一个人样，心里为他着急，但他自己一点也没察觉，反而见到我都劝我注意身体，出差不要喝酒。不但如此，他还每次从跟我一起出差的同事那里刺探我的情报，监督我要少喝酒，弄得每次同事见我跟领导喝酒，都夺过我手中的酒杯替我喝，他们怕我喝出事来，回去不好跟我大哥交代。因为大哥知道我身上有结石和囊肿等病，并且身体还做过手术，他不关心自己，倒是更关照我。我的同事不仅监管着我喝酒，还对我的睡眠十分重视，因为我有认床和喧闹后失眠的习惯，每到一地会帮我安排较为清净一点的房间，免得因我睡眠不好第二天耽误了事情，对他们细心的照顾我心存感激。我曾几年都于春节的晚上待在书店值班，晚上冷飕飕的，一个人憋着尿都不敢解，生怕有人躲在里面，每天陪伴大哥度过寂寞的就是那些老鼠。我曾送他去医院看病两次，一次真的让我吓呆了，他因长时间待在地下，空气不流通，自己又爱好抽烟，肺部全变黑了，还好找了医生将他的病治好了，他也是从死亡之路上闯过来的人。我真的亏欠他很多，哪一天如果真的失去他了，我这一生连一个最亲的人也没有了，想到这些心里就有点害怕。大哥是舍不得放下我受苦受累，他深知我这二十多年走过的路，每一步都是那么的艰难曲折，甚至是生不如死，他留在这里也好帮我照应着，但愿这种生活能早点结束。

我不敢想象大哥在黑暗中的地下，孑身一人，与鼠为伴，与书为家的处境。记得2022年夏天，书店遭遇暴风雨的袭击，一楼的地下书区全部遭雨水浸泡，几乎全军覆没，书店经受前所未有的考验，损失惨重。可能是我太爱书店的缘故，记得几天过后，我跟大哥在书店门口吵了起来，我当时心里动怒，大骂了他几句，他愤怒得像一头公牛，我们差点就要动起手来，站在一旁的电工王师傅大为震惊。我不知道我的动怒是否伤害到了大哥，但愿时间会冲走一切。大哥在书店，还获得同事送给他的绰号“书籍美容师”。书店里进回来的二手书，还有长年磨损的书，大哥都用买回来的沙子精心打磨，然后再擦洗干净。没有想到大哥喜欢上了这份在常人看来又脏又累的活，他俨然成了一个手艺人，干起活来灰尘满面，像长了白胡子的老人。大哥从来没有怨言，他总是忙得不亦乐乎，就像见到了久未谋面的朋友，爱上每一本经他打磨的书。在他看来，经过他手上打磨的小书都是有生命的，我想，同事对他的赞誉也是实至名归的。那些小书本身已不是重点，而他自身已是其中一本，并且是他生命中的一部分。他是生活在真实中的人，他的一切来自于他的真实，这是他的本质。他教会了我真实做人。每个人的良心真实才忠于自己，忠于上帝。在过去的二十多年时间里，大哥为书店付出了巨大的忠诚，一直守护着书店，他可以说也拥有整个书店。今天书店所成就的一切，对于大哥，对于许多人而言，都是生命的热情，都是人生的舞台，我们曾历经沧桑……如同壮丽的日出。

当我写下这些话时，我并不是要为大哥辩护，大哥最终被我说服，如释重负，离开了他的地下城堡，选择回到老家，撇下这里的一切回到他所来的地方。对于大哥来说，故乡是永恒的，在他的心坎上，在烟囱的袅袅炊烟里，在赤着脚的星光下，在冰霜的光芒间……他心里怀揣书店，他就是书店。

有一次跟大哥一起吃晚饭，大哥说我的命

是捡来的，我一听，愣了一下。我八岁那年的一个夏天，大哥和我，还有村上邓小强一起到水库抓田鸡，跑到水库洗澡。水库中间有一条深沟，我在河里玩水时不幸掉在里面，邓小强当时在下面拼着命叫我大哥，小华掉在河里啦，大哥听到急忙跳到河里，把我从深水里抱起来，才捡回了我一条命。

没有妈妈的日子，我只是一具行尸走肉，过着没有爱的生活。小区楼上的琴声响起，拨动着我的心弦，我的心一下就飞向妈妈那里，我没有给妈妈带来幸福，而是伤害了她。直到我失去她，才明白我生命中失去的东西，世界上最爱我的人去了，我的人生的意义还有吗？我不知道妈妈还想不想我，还爱不爱我。今天所有的一切，在我看来并不重要，重要的是我失去了爱。

生活——我的姐妹——我枪杀了我自己——我是我身上的一根皮带——黑暗流出眼泪——我等待风的亲吻——黑暗被凝固——而雪山不会。

妈妈的生就是我的生——妈妈的死就是我的死——如果这一生没有爱情——妈妈就是我最大的爱情——如果这一生没有幸福——妈妈就是我最大的幸福——如果这一生只够爱一个人——她就是我的妈妈——没有她的时候我已经死掉——我的肉身已经消失——没有任何人能够替代——没有任何人能够做到。

我爱每一个来到先锋追求自由的人，他们本属于自由人，人真正的价值就在于自由，他们都是大地上的异乡者，活着将要死去，但生活在智慧的迷宫之中，在时间之中。我也对离我而去的先锋人，仍保留着美好的回忆，我们曾深深地热爱先锋，更不会忘记，我们曾光荣地分享先锋的苦难和胜利。每个人都有责任感，每个人同样有抱负心，因为我们肩负先锋的命运，因为我们就是人的命运。我们都希望创造一种与众不同的先锋，并且无愧于世界。我们所做的一切，在这世上像明光照耀。经历了这么多风风雨雨之后，我们之间患难与共的感情，大地作证！江河作证！

曾经有一个男孩，因为有着对书的敬畏和向往，他来到书店当了一位为众人服务的仆人，男孩是一个酷爱文学的知识青年，才华横溢，学识渊博，他写小说写诗，整天像海样静默。有一天男孩在地下室运书装车时，不幸给对面风驰电掣的车子撞死了，车轮碾过他开花的头颅，血生成了大地的花朵，停尸房那一块裹尸布的亡灵，写满了他英年不朽的诗篇。他留给我的是无边无尽的痛苦，我用双手捧着他的画像，泪水瞬间滂沱，身子几乎轰然崩塌。假如他不来书店，假如今天他仍然在世，肯定也会是小说家，或者是诗人之星，然后在黎明中悲伤与永生。

男孩死了，只留下了他的名字，我嫉妒他那张比天空还纯净的面孔；

男孩死了，化作了飞舞的蝴蝶，只留下风的年轮。

我为书店存活下来流了很多的眼泪，在最危险的时刻，每天坐在床上弹鸣琴，彻夜难眠，早上上班眼睛布满血丝，中午跑到五台山体育场站台上，一个人孤单地坐在那里发呆，满场的座位好像死亡赋格的乐章，也好像大海死亡的潮汐朝我汹涌而来。几万平方的体育场就我一个人，我只想爬到五十米的塔上，从那里跳下去，跟这个世界告别。随后想想这样死不值得，让人笑话，堂堂正正一个书店老板做出这样愚蠢的事情。曾经想过跳入悬崖和黄河，无影无踪地消失，这是我在绝望中的一条死路，我被死神遮住了眼睛，自杀的念头萦绕于心，犹如一把悬在头顶的达摩克利斯之剑，时常令我惊恐不安。生活是多么令人畏惧，曾经生活的磨难，让我的内心难以把握。

我今生的苦痛，因为我骄傲。

人海归于平静，洁白之于伟大。

我一生便是在书涯上的漂泊，在边缘战斗，一场漫长的战斗，就像在大海深处。我让泪水冲刷得认不出自己，就像打湿的芭蕉，我始终以书为人生的终点。我没有什么特别的能力，许多同行做的书店比我优秀，其速度之快真兵贵神速，其规模之大难望其项背，其装饰之卓几无与伦比，每个世界都是独特的，未来社会是小而精的世界，而不是大而美的天下。只是我对书店怀有一颗热爱的心灵而已，只是我将书看成是自己一生的知己，从这种意义上来说，我的书店并不是为他人做的，我是在为自己而做书店，我在与自己的灵魂搏斗。我最喜欢的就是这一本本小书，小书是有生命的，也有着我的生命；小书也有光，给别人带来幸福，也温暖我孤独寂寞的旅程。

万千本书，而每本书都是生灵。

万千本书，而每本书都是大海。

我是逆向思维的，别人是往前走，而我却是往后走。我把书店开到中国的农村去，服务于最底层的乡下百姓。在我看来，越乡土越国际，越平民越先锋，中国的根在农村，复兴中国文化首先复兴农村。我深知乡村书店的道路任重道远，它是先锋人光荣和梦想的一次远征。走别人不愿走的路，做别人不想做的事。我觉得自己干得不错，或许只是我这样看世界吧。

我拒绝复制和模仿，拒绝为书店而书店的观点，我不想模仿一个，而去复制另一个，人是有思想的，每一个人来书店都想获此灵感，智慧的心在此思想。因此，我希望书店要具有精神生活和自由意志，最重要的是要有自己的独立意识。此外，我不想达到为书店而书店的目标。简而言之，创造有价值及其灵魂的书店，成其为在精神上战胜时间的榜样，献予时代，独一无二——这是我的最重要目标。

我的书店都是对世上一切生命的怜爱和悲悯之情，都是对上帝挚爱的真理、道路和生命。

我不会忘记贫穷可怜的妈妈，因为她在我幼小的心底种植和抚育了一颗善良的种子，她是我内心最美好的人，也是我在世上见过的最勤劳的人，她是一个自食其力的人。妈妈一直教育我要做一个诚实的人，要用自己的双手去劳动，多流汗才有饭吃。她也不断地提醒我，活着就要做个活生生的人；在这个锱铢必较的世界中，如果做一个活生生的人，也是很痛苦的。我把写在额上的痛苦坠入大海，因为，大海就是丰盛的慈悲。

我这一生的性格像妈妈一样，什么事情都要强，结果受伤的是自己。也有要好的朋友当着诗人朋友的面对我说：你太轴了，不善于妥协，所以受了很多伤害。可我觉得做人要有底线，要活出生命的本色，不要被困难吓倒，敢于做最艰难的事，活在正直人的世界之中，永远跟正直人并肩同行，绝不向邪恶势力低头，并为之不断地抗争，永远抗争！

我对这个世界没有彻底绝望，我还能承受千钧苦难和压力。我能为重建一个更好的道德秩序而不懈斗争。我竭力捍卫作为人的尊严，这是至关重要的立场。无数次的蒙受耻辱，我对书业的爱不曾动摇。这世上没有任何再比书店更值得我倾尽一生的事。社会的宽容与公正是我们时代的路标，我的书店是大地上开始伟大的行走，是见证一个时代心灵的美好乐章！

我从不惧怕逆水行舟，我永远不会停止希望。

只因妈妈活在我心中，只因活在光辉岁月中。

我在深夜里时常听到熟悉而又遥远地方的声音，后来我才知道，是我在梦中听到妈妈在哭，一个人在抱着头痛哭。多少年来，我都听到这哭声，她哭得如此厉害，令我以为她孱弱的身躯，在其抽搐的力度下会垮下来。我一生从来没有听过像妈妈哭得这样痛苦的声音，这是我所知道的最悲惨的哀嚎。当我梦醒后，我尖叫了起来，呼叫妈妈：妈妈，你在哪里啊！

这时我也才想起，妈妈还活着，活在美好的人间！

我这十年中，因为蒙了乡村要重生的福，我选择开办乡村书店，绝大部分的时间在乡下走村串户。每到乡下的老村子里，发现破败的屋里衣柜有妈妈做的鞋底我都把它带回来。还有乡下老照相馆，我看到馆里有妈妈们的照片在整修，我就请他们要是有多的帮我留着，自己心想，“说不定有我妈妈在里面呢。”还有许多老房子里什么都没有了，我发现墙上还挂着主人家妈妈的画像，被风雨剥蚀得伤痕累累，我爬上去取下来带回家。有一次去浙江舟山岱山县一个海边的小村庄，有座依山傍海的老宅，面朝大海，村上人告诉我这座宅子有七八十年历史了，主人是一个从上海来的下放知青，有弟妹四个，房子已经倒塌，残墙破壁，可在一个房间里墙上有她们一家人妈妈的照片，妈妈一个人在守护着这个家，她一生所积攒的财物都给儿女们搬空了，倒是扔下年迈的妈妈不要了，我的心锥刺般痛，顿时眼睛潮湿了。但我好像又一次见到了自己的妈妈，仿佛妈妈还活着，就在我的眼前。我把这妈妈的照片从墙上取下来带回了南京，放在我的身边。这是最珍贵的东西，就像春天的竖琴。

为了寻找妈妈，这么多年来，我在中国的乡村拍摄了上万张有关妈妈的照片。我的妈妈一辈子没有留下一张照片，但我就像拍了自己的妈妈一样。我不是假装在弯腰拍照，我是在责问自己“我是从哪里来，要到哪里去”。我觉得自己是渺小的，在她们面前一文不值。她们其实不喜欢拍照，觉得年纪大了拍照不吉利，当我跪下地来为她们按下镜头的瞬间，她们不约而同地微笑着朝我挥手，那一刻是我最幸福的时刻，她们让我想起小时候的记忆，妈妈的形象，铭记在我一生的回忆之中。我有生之年想为天下的妈妈们做一件事情——母亲博物馆。那是对世上妈妈最好的怀念，我叩问上帝，上帝沉默了！

我看到乡村里的妈妈们，她们生命消逝前与死神的挣扎肖像，她们眼睛瞎了拄着拐杖的蹓蹓背影，她们疯了在村口四处流浪的凄惨场景，无不为之动容，令我潸然泪下。我用镜头记录下她们真实感人的永恒瞬间。我妈妈的死不仅是一个人的遭遇，也是那个时代一代人的不幸；她们的一生，是活生生的历史。千万个中国妈妈的苦难、挣扎，就是带着我们缓缓向前的历史长河啊，就是生于斯死于斯的大地之母啊！在她们的脸上，我看到全世界的苦难……那是世上最美的一道风景……

31

妈妈埋葬在家乡的小山岗上，每次来到这里，我想起了妈妈做童养媳时，摸着黑夜哭着回家被家人拒绝在门外；我想起了妈妈伏在我的病床前和衣而卧直到天明；我想起了妈妈当机立断不顾自己的生命安危，为我输血按下了手印；我想起了妈妈每次跟爸爸吵架过后，强忍着伤痛下地干活，晚上黑得像锅底时才回家；我想起了妈妈一个人在黑暗里绝望地喝下毒药，她一定是铁了心也要死一次；我想起了妈妈同我一起在茶园里翻耕土地，她手上的鲜血在钉耙杆上顺流而下，染红了一片大地和天空；我想起了妈妈在我很小的时候，我的犯错使她教会我，人一定要用自己勤劳的双手去劳动，才能创造美好的生活；我想起了妈妈将手中扎好的千层顶鞋底送给村上的女人们；我想起了妈妈拎着装满了炒米和鸡蛋的篮子，往返几十公里的路途，去看望救我出院的阿姨；我想起了妈妈为了让大哥的婚庆办得丰盛，她背着从大妹家借来的面粉，回到家时，已是一个雪人；我想起了妈妈冒死剖腹产生下了我，挽救了我的生命；我想起了妈妈在医院里与死亡挣扎痛苦的无言；我想起了妈妈的尸体被推进焚尸炉时，那一团熊熊的烈火；我想起了妈妈一个人坐在冷风里的灯光下穿针引线，嘴里哼着《梁山伯与祝英台》的歌曲时含泪的微笑！

别了，妈妈，你是我手中的一朵小白花；

别了，妈妈，你永远盛开在我的心中；

别了，妈妈，我愿如一朵小花，随你而去……

清明时节去妈妈坟上扫墓，头顶上总是乌云密布，等我和大哥在妈妈坟前举行祭祀时，阳光从天空驱散了乌云，就像从我的体内亮起来，柔和地照亮了我们，好像我们终于和妈妈团聚了一样，我们终于可以回家了，死亡的恐惧也远离了我们。上帝每一次都这么眷顾我，他知道我心里的悲苦，怜悯我这个孤孤单单的孩子。

那时我多么想躺在妈妈的墓前，永远躺在那里；只为待在你身边，只为再看你一眼。

有一次我到了公墓上，才发现自己居然忘记了给妈妈买鲜花，我就跑到旁边的树林里去，在田野里摘野花，让孤苦伶仃的妈妈知道我来看她，我站在她的墓碑前默默地祈祷，乞求她对我的宽恕。所有离去的人跟妈妈一样，都只是眼前的这堆尘土，无论你高贵还是卑微，这是必然的结局。我把妈妈安息在家乡的小山岗上，她伴着曾经开垦过的土地，眺望着远方的河流、森林和延绵起伏山峦，如果你有机会走过那一片丛林般的墓地，我请你为我苦命的妈妈献上一朵小花，那是穷苦人家的孩子对天下所有妈妈最美好的悼惜。我有一天也和妈妈一样会化为灰烬，永远归诸尘土之间。

人来到这里才发现什么叫做宁静。到宁静中去，一切归于宁静，无论高贵与贫穷，无论名利与欲望，无论天涯与海角，一切都会在这里重逢，一切都会在这里遗忘；是起始，也是终结；是死亡，也是永生……

妈妈啊，妈妈啊！我再也见不到你的面，我没有什么报答你，我只有一颗心灵。我半夜里都是以泪洗面，不，对我来说，是整个一生如此。生命是如此的荒诞，人的存在也是一种虚幻。我总是在妈妈的回忆中，她离开了我，像天使一样到了天堂。我时常与妈妈在梦中相见，在黑暗中听到妈妈悲凄的哭声，梦醒时分已是泪湿满襟，我呼叫妈妈，涕泪磅礴，真可以用涕泪之谷来形容。我每逢思念妈妈时心都饥渴切慕，一路狂奔至朔风凛冽的田野里去，寻找当年我和妈妈一起劳动的生活剪影。有一次在碧山，早晨散步跑到田野里去，眼前像落了一层面粉一样的霜雪，一片庄稼、一缕炊烟、一群在水田里嬉戏的鹅鸭，还有三头水牛在默默地吃草，还有从草丛里飞起的鸟儿，还有低着头弯着腰，手上挽着篮子，正在摘着棉花的妇女，我走上前去差点错认成是自己的妈妈。

我的妈妈死了转眼快四十年，我几乎每天都在想她，真的，很多人都很想她。我每次回到故乡，在村里溜达，看到的还是原来的样子，唯一的变化是村里有的人家大门紧锁，不少老一辈的人无影无踪地消失了，他们有的去了另一个世界，有的跟着儿女搬进了城市生活。还有跟我妈妈同辈的人遇到我，走到面前对我说，你妈妈是个苦命的人，她死得太可怜了，她不该这样早早地走了，她是一个好人啊！说完轻轻地落泪，一声长长的叹息，我也止不住流下眼泪。直到今天，妈妈这个不幸的女人就像乡村早晨的雾，在他们的心中还没有消失……

小时候放完学去旷野放牛，晚上回家时，我骑在牛背上，头上戴着一顶草帽，手上拿一只妈妈用竹子亲手制作的小吹笛，这是我很小时候寂寞的玩伴。我兴高采烈地吹着，笛声，黄昏，晚风里麦浪的波涛，随风而逝。妈妈左手牵着牛绳，右手挽着篮里盛满刚从地里刨出的山芋，红红的黏满了浆汁，像一幅骄人的油画。妈妈走在牛的前面，嘴里哼着越剧《梁山伯与祝英台》中“历尽磨难真情在，天长地久不分开”的曲词，这是妈妈最喜欢唱的曲子。牛这时吼叫着昂起了头，好像听到妈妈唱得凄美缠绵，也流下感动的泪。快四十年过去，妈妈的歌声一直在我的脑海里，那个吹笛的少年，也不断浮现在我的眼前……

雪落时分，只要想起妈妈的自杀之死，我便独自置身于风暴的闪电。

雪落时分，只要想起妈妈一生的往事，我想成为你心中明亮的晨星。

2017 年 6 月 6 日完稿于栖园

2023 年 2 月 28 日修改于诗人之家

图书在版编目（CIP）数据

妈妈，我 / 钱小华著 . --上海：上海三联书店，
2025.1. -- ISBN 978-7-5426-8729-6
I .I267
中国国家版本馆 CIP 数据核字第2024VQ0545号

妈妈，我

钱小华 著

责任编辑 / 苗苏以
特约编辑 / 田南山
书籍设计 / 朱赢椿　皇甫珊珊
责任校对 / 王凌霄
责任印制 / 姚　军

出版发行 / 上海三联书店
（200041）中国上海市静安区威海路755号30楼
邮　　箱 / sdxsanlian@sina.com
联系电话 / 编辑部：021-22895517
发行部：021-22895559
印　　刷 / 上海雅昌艺术印刷有限公司

版　　次 / 2025年 1 月第 1 版
印　　次 / 2025年 1 月第 1 次印刷
开　　本 / 889mm × 1194mm　1/32
字　　数 / 68千字
印　　张 / 7.25
书　　号 / ISBN 978-7-5426-8729-6/I · 1915
定　　价 / 79.00元